C'est l'agent d'Henning Mankell qui a découvert Ragnar Jónasson et vendu les droits de ses livres dans quinze pays. Né à Reykjavík en 1976, Ragnar Jónasson a traduit plusieurs livres d'Agatha Christie en islandais avant d'écrire ses propres romans, notamment le cycle des « Enquêtes de Siglufjördur », composé de *Snjór*, *Mörk*, *Nátt*, *Sótt* et *Vík*, ainsi que *La Dame de Reykjavík*, qui inaugure une nouvelle série. En seulement quatre ans, Ragnar Jónasson s'est hissé au rang des meilleurs auteurs de best-sellers internationaux.

DU MÊME AUTEUR

Snjór
La Martinière, 2016
et « Points Policier », n° P4526

Nátt
La Martinière, 2018
et « Points Policier », n° P4937

Sótt
La Martinière, 2018
et « Points Policier », n° P5054

La Dame de Reykjavík
La Martinière, 2019
et « Points Policier », n° P5174

Vík
La Martinière, 2019
et « Points Policier », n° P5218

Ragnar Jónasson

MÖRK

ROMAN

Traduit de la version anglaise,
d'après l'islandais, par Philippe Reilly

Éditions de La Martinière

Ce roman a été traduit depuis l'édition anglaise du livre à la demande de l'auteur qui a revu et changé des éléments de son histoire, et considère donc le texte anglais comme la version définitive de son roman.

TEXTE INTÉGRAL

TITRE ORIGINAL
Náttblinda
ÉDITEUR ORIGINAL
Published by agreement with Leonhardt & Høier
Literary Agency A/S, Copenhague

Traduction depuis l'édition anglaise,
revue et corrigée par l'auteur :

L'éditeur remercie Ólafur Valsson pour son aimable autorisation
pour la reproduction des cartes de l'Islande et de Siglufjördur

ISBN 978-2-7578-8210-8
(ISBN 978-2-7324-8044-2, 1re publication)

Pour Natalía, de la part de Papa

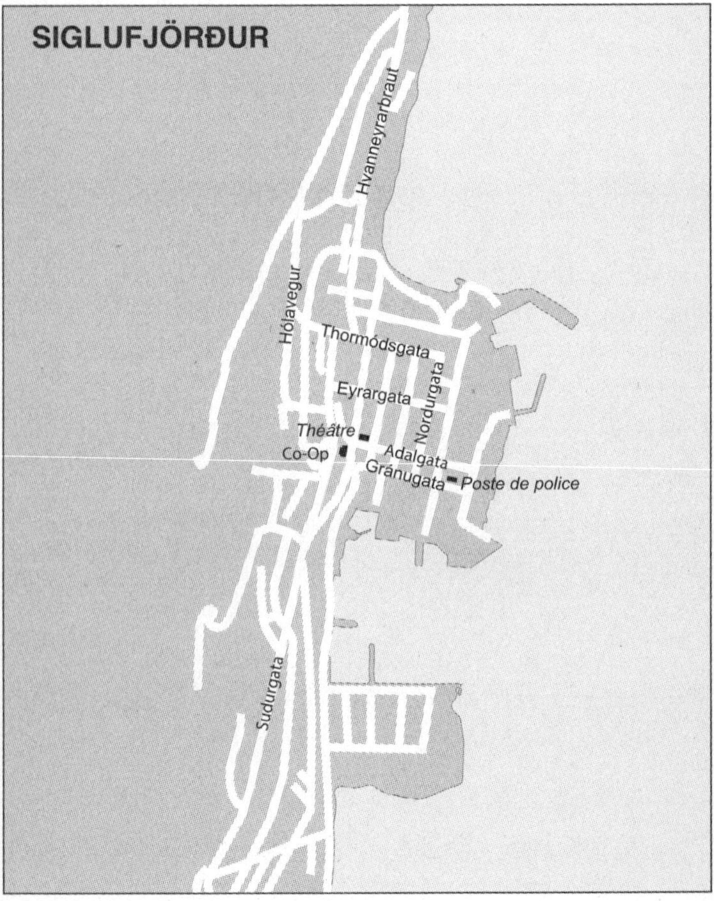
SIGLUFJÖRÐUR
Hvanneyrarbraut
Hólavegur
Thormódsgata
Nordurgata
Eyrargata
Théâtre
Co-Op
Adalgata
Gránugata
Poste de police
Sudurgata

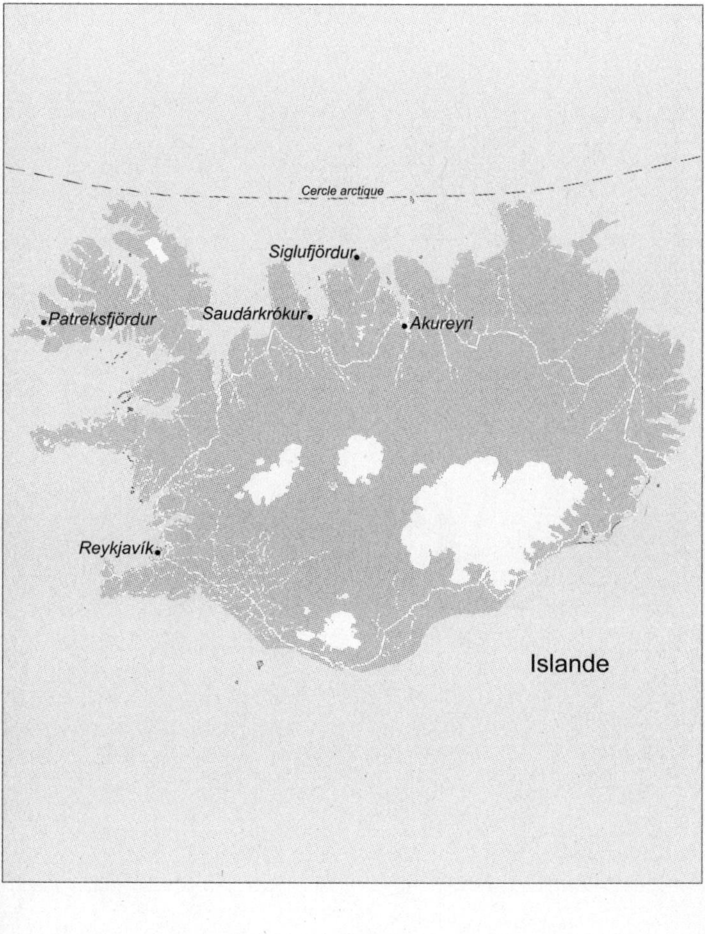
Cercle arctique
Siglufjördur
Patreksfjördur
Saudárkrókur
Akureyri
Reykjavík
Islande

Quelque chose ne tourne pas rond
Entre les hommes et le temps
Entre les hommes et les mots…

Brisé, poème de Þorsteinn
frá Hamri (Skessukatlar, 2013)

1

Dérangeant.

Oui, c'était le mot. Il y avait quelque chose de dérangeant dans cette vieille maison délabrée. La pluie aveuglante ajoutait à l'austérité des murs couleur plomb. Ici, l'automne n'était pas une véritable saison, plutôt un état d'esprit. Il semblait s'être perdu en route, quelque part vers le nord, quand, fin septembre, début octobre, l'hiver avait promptement succédé à l'été. L'automne ne manquait pas vraiment à Herjólfur, du moins pas celui de Reykjavik, sa ville natale. À Siglufjördur, l'inspecteur de police avait appris à aimer l'été et ses journées d'une clarté vertigineuse, l'hiver et sa pénombre qui se lovait autour du monde comme un chat géant.

La maison se dressait non loin de l'entrée du tunnel de Strákar. Pour ce qu'Herjólfur en savait, cela faisait des années que personne ne l'avait occupée. Elle était trop à l'écart, trop en retrait de l'endroit où la ville étreignait le rivage. Comme si elle avait été laissée aux mains puissantes de la nature – qui se seraient abattues sur elle brutalement.

Herjólfur s'intéressait tout particulièrement à cette bâtisse à l'abandon, et cela l'ennuyait. Il éprouvait rarement de la peur, son métier l'avait habitué à mettre de côté les sentiments importuns. Mais, cette fois, il n'y arrivait pas. Ça ne lui plaisait guère. Il s'était garé au bord de la route et hésitait à sortir de la voiture de patrouille. Sans la grippe d'Ari Thór, l'autre policier de la ville, il n'aurait même pas dû être de service…

Il resta un long moment assis sans bouger. Des rafales de pluie cinglaient la voiture. Ses pensées le ramenaient à la douce chaleur de son salon. Emménager dans la région avait été une sorte de choc culturel, mais sa femme et lui commençaient à s'y sentir bien. Ils avaient peu à peu réussi à faire de la maison sans attraits qu'ils habitaient un vrai foyer. Leur fille était restée dans la capitale où elle suivait un cursus universitaire, tandis que leur fils vivait avec eux. Il occupait un appartement au sous-sol de la maison et étudiait au lycée du coin.

Si Ari Thór se remettait vite sur pied, Herjólfur serait bientôt en vacances. Il avait prévu d'emmener son épouse pour une escapade de quelques jours à Reykjavik. C'était une surprise. Les billets d'avion au départ d'Akureyri étaient pris et les places de théâtre réservées. Chaque fois que l'occasion se présentait, il essayait de ménager ce genre d'intermède dans leur petite routine. Il concentra toute son attention sur ce séjour, comme une bouée de sauvetage au beau milieu de la nuit – une façon de se persuader que tout continuerait à bien se passer quand il franchirait le seuil de la maison abandonnée.

Sa femme vint ensuite occuper son esprit. Vingt-deux ans qu'ils étaient mariés. Il l'avait épousée très tôt, dès l'annonce de sa grossesse. Sans une hésitation – et sans avoir vraiment le choix. Il n'avait pas agi par foi mais plutôt guidé par un certain sens de la dignité. C'était pour lui une valeur cardinale. Il avait reçu une bonne éducation, et croyait fermement à l'importance de donner l'exemple. Et, bien sûr, ils étaient amoureux.

Il n'aurait jamais pu épouser une femme sans en être amoureux. Puis leur fille était née, la prunelle de ses yeux. Elle avait la vingtaine, suivait des études de psychologie – son père avait essayé de lui conseiller le droit, mais elle ne s'était pas laissée convaincre. C'était une voie qui aurait pu l'amener à travailler avec la police, à évoluer dans le même univers que son père : celui de la justice et du maintien de l'ordre.

Leur fils était arrivé trois ans plus tard. Aujourd'hui âgé de dix-neuf ans, c'était un garçon flegmatique et studieux qui terminait ses études secondaires[1]. Peut-être opterait-il, lui, pour une filière juridique ? À moins qu'il passe directement le concours d'entrée à l'école de police…

Herjólfur avait toujours eu à cœur de faciliter la vie de ses enfants. Il avait acquis une certaine influence au sein de la police, et si l'un d'eux décidait de se lancer dans la carrière, il n'hésiterait pas à faire jouer son réseau. Il se sentait parfois coupable de les pousser un peu trop dans cette direction. Mais il était fier d'eux et espérait qu'ils éprouvaient le même sentiment à son égard. Il n'avait pas ménagé ses efforts pour offrir aux siens des conditions de vie privilégiées dans ce monde difficile. Dans son métier, la pression était incontournable.

Le krach financier[2] avait heurté durement la famille : du jour au lendemain, pratiquement toutes leurs économies s'étaient envolées. Époque pénible de nuits sans sommeil, de nerfs rudement éprouvés, de peur

1. En Islande, le lycée dure quatre ans, de seize à vingt ans (toutes les notes sont du traducteur).

2. La crise financière mondiale de 2008 a tout particulièrement affecté l'Islande et a eu des répercussions considérables sur la vie économique du pays.

qui jetait son ombre sur tout. Aujourd'hui, enfin, la situation semblait s'être stabilisée. Herjólfur occupait un bon poste et sa famille vivait confortablement, à l'abri du besoin. Ari Thór ne lui en avait jamais parlé, mais Herjólfur savait qu'il avait lui aussi postulé pour devenir inspecteur. Il avait reçu le soutien actif de Tómas, l'ancien inspecteur de Siglufjördur, appelé à de nouvelles fonctions à Reykjavik. Sa recommandation enthousiaste avait laissé peu d'espoir à Herjólfur, bien qu'il ait lui-même son lot de relations. Pourtant, c'était lui qui avait décroché la promotion, pas Ari Thór. Herjólfur avait encore du mal à se faire son idée sur le jeune homme. Ce n'était pas un bavard et il se laissait rarement aller aux confidences. Herjólfur se demandait s'il lui en voulait. Ils ne travaillaient pas ensemble depuis longtemps ; le fils d'Ari Thór était né à la fin de l'année écoulée, la veille de Noël, et les quatre mois de congé paternité s'étaient ajoutés à un mois de vacances. Les deux hommes n'étaient pas amis, ceci dit leur relation était toute récente.

Herjólfur sortit de la voiture. Il ne pensait plus à son collègue à présent : les sens en éveil, il approchait lentement de la maison. De nouveau, cette intuition. *Il y a un truc qui déconne...*

S'il fallait en passer par là, il se savait largement de taille à affronter un homme. Deux, non : la forme physique de ses jeunes années n'était plus qu'un souvenir. Il secoua la tête, comme pour dissiper des craintes injustifiées. Cette bicoque ne pouvait être que déserte. Son appréhension le déconcertait.

Aucune circulation. Qui pouvait avoir intérêt à se rendre à Siglufjördur en cette période de l'année, surtout au milieu de la nuit, par un temps pareil ? Officiellement, selon l'ancien calendrier islandais, l'hiver commençait le week-end suivant. Cela ne ferait que confirmer ce que tout le monde ici savait déjà : l'hiver était là.

Herjólfur s'immobilisa soudain. Il venait d'apercevoir un faisceau lumineux dans la maison. Lampe de poche ? En tout cas, il y avait bien *quelqu'un* tapi dans l'obscurité. Pourquoi pas plusieurs personnes même ? Cette intervention prenait une tournure désagréable. Herjólfur sentit ses nerfs se tendre.

Fallait-il crier et se faire connaître ? Ou bien tenter une approche discrète pour évaluer soi-même la situation ?

Il souffla un grand coup et se ressaisit. D'un pas décidé, presque rageur, il se remit en marche. *Arrête d'être mou comme ça... Putain, arrête un peu !* Il savait se battre, et les intrus n'étaient sans doute pas armés.

Mais s'ils l'étaient ?

Le faisceau lumineux attira de nouveau son attention. Cette fois, il était braqué droit dans ses yeux. Surpris, plissant les paupières, Herjólfur s'arrêta, plus effrayé qu'il n'osait se l'avouer.

– Police ! Qui est là ? cria-t-il avec toute l'autorité dont il était capable.

Mais le frémissement de sa voix le trahissait.

Le vent atténuait la force qu'il avait mise dans ses paroles. Elles avaient quand même dû parvenir jusqu'à la maison, jusqu'aux inconnus postés derrière les embrasures béantes des fenêtres.

– Police ! Qui est là ? répéta-t-il.

La lumière l'aveuglait. Un sentiment d'urgence monta en lui : il fallait qu'il bouge, qu'il s'abrite quelque part. Mais il hésita, conscient d'agir contre son instinct. *C'est le policier qui est censé détenir l'autorité*, se rappela-t-il.

Il n'aurait pas dû se sentir ébranlé, il n'aurait pas dû éprouver le besoin de se cacher.

Il reprit sa marche en direction de la maison, à pas prudents.

Soudain un coup de feu. Assourdissant. Fatal.

2

Ce n'était pas la première fois qu'un cri de nourrisson tirait de son sommeil Ari Thór. Il regarda le réveil : 5 h 30. Il s'était couché de bonne heure la veille après deux jours de lutte contre une féroce grippe automnale, mais il était tout de même encore trop tôt pour se lever.

Kristín restait à la maison aujourd'hui. Elle venait de reprendre le travail à l'hôpital d'Akureyri, mais seulement à mi-temps.

Tout ce qui concernait le bébé était soigneusement réfléchi – parfois un peu trop, songeait Ari Thór. Les légumes étaient bio, les conversations ne devaient jamais atteindre un volume sonore trop élevé et, pour que le bébé puisse crapahuter par terre, il fallait auparavant nettoyer le sol jusqu'à obtenir une propreté impeccable.

Leur fils aurait bientôt dix mois. Ari Thór avait suggéré à Kristín de reprendre un plein-temps à l'hôpital : ils avaient besoin d'elle, les médecins étaient une denrée rare. *Notre enfant ne va pas rester enveloppé toute sa vie dans son cocon...*

Quant à Ari Thór, il ne pouvait prolonger davantage son absence sans risquer de perdre son poste. Il avait été question de recruter un policier supplémentaire à Siglufjördur, mais ça n'avait abouti à rien. Les restrictions budgétaires étaient à l'œuvre partout. Un intérimaire avait assuré son remplacement pendant le congé paternité, puis il était rentré à Reykjavik.

Ari Thór prenait à cœur son rôle de père mais cela l'occupait beaucoup trop et provoquait régulièrement des tensions avec Kristín. Et puis, lui-même fils unique avec peu d'expérience des enfants, cela n'avait pas été simple, au début, de maîtriser les fondamentaux. S'était posée aussi la question du prénom de l'enfant. Il avait attendu quelques jours après la naissance pour aborder le sujet. Il sentait la dispute possible et imminente – mais de quelle ampleur ? Au début, tout ébloui par l'arrivée de ce premier enfant, il s'était dit que le prénom n'était pas si important. Peut-être n'était-ce pas une bonne idée de camper sur ses positions et de briser l'exquise harmonie qui les enveloppait. Mais ses sentiments n'avaient pas tardé à refaire surface : c'était *vraiment* important. Ari Thór Arason s'imposait. Le nom de son propre père, disparu quand Ari Thór était encore trop jeune.

– Ça veut dire que ton fils va s'appeler comme toi ! lui avait fait remarquer Kristín. Et mon père, tu en fais quoi ? Il n'y a pas de raison de privilégier l'un plutôt que l'autre.

Ari Thór n'avait pas jugé nécessaire de souligner l'évidence : son père à lui n'était plus de ce monde. Choisir son prénom aurait été une marque de respect tout à fait justifiée. Et ça lui tenait à cœur. Mais il avait choisi de ne pas envenimer la situation.

En conséquence de quoi, Kristín avait proposé d'appeler leur enfant Stefnir, *celui qui ouvre la voie*. Un prénom fort, vigoureux, qu'on ne trouvait ni dans la famille de Kristín, ni dans la sienne. Ari Thór avait demandé une journée et une nuit de réflexion avant de se prononcer – une marque de protestation dont il n'était pas sûr qu'elle avait été vraiment perçue comme telle.

Puis il avait accepté. Le prénom lui plaisait et la bataille pour imposer celui de son père était perdue d'avance, il s'en rendait compte.

Ari Thór se retourna dans le lit, réveillant Kristín. Des pleurs vigoureux montèrent du vieux berceau installé dans la chambre. Ari Thór l'avait acheté d'occasion grâce à une annonce punaisée parmi d'autres sur le panneau de liège de la coopérative locale. Par ici, on faisait encore ses courses à l'ancienne. Loin de tout magasin Ikea, les meubles finissaient rarement à la déchetterie. Le berceau était comme neuf et Ari Thór n'avait pas jugé bon d'expliquer sa provenance à Kristín : elle l'aurait sans doute refusé.

Elle se leva.

– Reste au lit, dit-elle, je ne veux pas que tu refiles ta grippe à Stefnir.

Ça lui allait très bien comme ça : un jour supplémentaire d'arrêt maladie ne serait pas du luxe. Herjólfur devrait le remplacer encore un peu.

Il avait remarquablement peu communiqué avec son nouveau supérieur. C'était certes quelqu'un d'aimable et de poli, doublé d'un policier consciencieux, mais Herjólfur lui semblait surtout très réservé. Déçu de n'avoir pas obtenu la promotion tant désirée, Ari Thór reconnaissait qu'il n'avait pas fait beaucoup d'efforts pour mettre à l'aise son nouveau collègue. Cela avait donné le ton de leur relation. Il ne se sentirait jamais aussi proche d'Herjólfur qu'il l'avait été de son prédécesseur, Tómas. Avant de partir, ce dernier avait laissé entendre plus d'une fois, sans en avoir l'air, que si Ari Thór avait envie de redescendre dans le sud un jour, il lui suffirait de postuler à Reykjavik. Sous-entendu : un poste l'attendrait quand il le voudrait.

L'idée avait rapidement fait son chemin et Ari Thór, enthousiaste, en avait parlé à Kristín. Cette dernière avait semblé intéressée mais lui avait rappelé qu'elle s'était engagée auprès de ses supérieurs à rester pendant encore au moins un an à l'hôpital d'Akureyri.

– On en reparle l'an prochain, d'accord ? avait-elle proposé en souriant. La vie dans une petite ville n'est pas si mal que ça, et le grand air marin est excellent pour Stefnir.

Ari Thór avait soupiré. *Pourquoi est-elle toujours aussi contrariante ? D'abord, elle déteste l'idée de vivre à Siglufjördur, et maintenant, elle s'y plaît !*

Kristín s'était montrée par ailleurs inhabituellement distante ces derniers temps et il se demandait pourquoi. Ça ne pouvait pas être le *baby blues*. Sa froideur était assez récente et leur enfant avait presque un an.

*

Le téléphone portable d'Ari Thór sonna. Kristín était déjà descendue avec Stefnir, et le trille entêtant s'insinuait dans le calme fragile du sommeil. Les yeux toujours fermés, Ari Thór attrapa le portable sur la table de chevet. Il le laissait allumé jour et nuit, qu'il soit de service ou non. Impossible de faire autrement avec un poste de police en sous-effectif dans une communauté si petite.

Sans doute était-ce Herjólfur qui voulait savoir si sa santé lui permettait de reprendre le travail aujourd'hui. Lors d'une de leurs rares conversations, l'inspecteur lui avait parlé de son projet d'emmener sa femme en vacances à Reykjavik. Ils n'étaient pas spécialement portés sur la vie au grand air et ne profitaient jamais des excellentes pistes de ski à la sortie de la ville. Ces vacances dans le sud – ils iraient au théâtre, avait précisé Herjólfur – étaient importantes pour eux. Ari Thór savait que son rétablissement était attendu.

Il répondit sans prendre la peine de consulter l'écran et fut surpris d'entendre une voix de femme.

– Allô ? Ari Thór ?

Il ne reconnut pas la voix mais perçut un léger tremblement.

– J'espère que je ne vous réveille pas ?

Silence.

– Qui est-ce ?

– C'est Helena. La femme d'Herjólfur.

Ari Thór s'assit. Il était presque 6 heures. Il aurait tellement voulu profiter encore un peu de son lit…

La surprise le poussa à répéter :

– Allô ?

– Je suis…

Elle hésita.

– … je suis à la recherche d'Herjólfur.

– À sa recherche ?

– Il est sorti cette nuit et il n'est pas revenu à la maison. C'est tout ce que je sais. J'étais à moitié endormie quand il est parti. Mais il n'est toujours pas rentré et il ne répond pas au téléphone.

– Il n'est pas au poste ? Il a dû penser qu'il devait encore me remplacer aujourd'hui. J'ai toujours cette fichue grippe…

– J'ai déjà appelé le poste : pas de réponse non plus.

Bizarre.

– Je vais essayer de l'appeler et si ça ne répond toujours pas, j'irai faire un tour en ville. La voiture de patrouille est forcément quelque part…

– Parce que vous n'avez pas de nouvelles non plus ? demanda Helena, même si la réponse allait de soi.

– J'ai bien peur que non. Écoutez, je m'en occupe et je vous tiens au courant.

Ari raccrocha pour composer aussitôt le numéro du portable de son supérieur. Qui sonna dans le vide. Ça n'allait pas être une partie de plaisir d'aller se balader dans son état, mais il n'avait pas le choix.

Abandonnant l'idée de revêtir son uniforme, il enfila les vêtements empilés au pied du lit et descendit. Kristín donnait à manger à Stefnir – ou faisait de son mieux, à en juger par son visage constellé de porridge.

– Il faut que je sorte, annonça-t-il. Je dois prendre la voiture.

Ils n'avaient qu'un seul véhicule, celui de Kristín, dont elle se servait pour les allers-retours entre Siglufjördur et Akureyri.

– Tu es malade, tu te rappelles ? dit-elle, surprise.

– Oui, mais Herjólfur a…

Il ne savait pas trop comment présenter les choses.

– … apparemment, il a disparu.

– Disparu ? répéta Kristín avec un sourire.

De fait, Ari Thór s'en rendait bien compte, la situation était incongrue : lui, affaibli, partant à la recherche d'un grand garçon comme Herjólfur…

– Tu veux dire que tu as perdu un policier ?

Le bébé sourit à son tour. Tout le monde sauf lui semblait trouver cette histoire irrésistible.

– Je ne serai pas long, ma chérie.

*

La nuit commençait à basculer vers le petit jour.

Ari Thór se rendit d'abord au poste de police pour s'assurer qu'Herjólfur ne s'y trouvait pas. Il entra, fouilla un peu, mais les lieux étaient déserts. Aucune trace de l'inspecteur.

Il devait bien y avoir une explication sensée à tout cela, mais, encore assommé par la maladie, Ari Thór peinait à la trouver. Il parcourut le centre-ville en roulant au pas puis explora longuement les rues adjacentes. La voiture de patrouille demeurait invisible. Avant de poursuivre ses recherches dans le reste de la ville, il décida de jeter un coup d'œil aux deux seules routes desservant Siglufjördur : celle qui conduisait vers Strákar, le vieux tunnel creusé dans la montagne, et l'autre vers Hédinsfjördur, le nouveau tunnel.

Il n'était pas en état de conduire. Encore à moitié endormi, souffrant, affaibli, il dut regarder deux fois avant de reconnaître la voiture garée sur le bas-côté, près de l'entrée de Strákar et de la vieille maison vide qui, depuis qu'il avait emménagé à Siglufjördur, tombait inexorablement en ruine.

Le malaise croissant qui étreignait Ari Thór se doublait du pressentiment accablant d'une menace – presque une prémonition. À cet instant précis, il *sut* que quelque chose était arrivé à Herjólfur. Une montée d'adrénaline lui fournit l'énergie tout juste nécessaire pour oublier sa grippe un moment et aligner deux pensées cohérentes. Il se gara derrière la voiture de patrouille.

S'arc-boutant contre la pluie glaçante, il attendit que ses yeux s'accoutument à la pénombre annonciatrice de l'aube pour coller son visage aux vitres des portières. Il ouvrit la voiture – Herjólfur s'y trouvait peut-être encore.

Personne.

Son inquiétude s'aggrava. Il scruta le paysage qui l'entourait, la masse imposante de la montagne dans laquelle le tunnel avait été creusé, la mer de l'autre côté. Il y avait juste assez de place pour cette maison au bord de la route, sur un terrain qui n'était rien d'autre qu'une décharge à ciel ouvert. Au-delà, un à-pic mortel jusqu'aux flots glacés de la mer du Nord. Dans la maison, aucune lumière. Aucun signe de son collègue. Il serra son blouson pour se protéger des bourrasques qui fouettaient frénétiquement la pluie et courut jusqu'à la maison. Il se demanda si quelqu'un l'entendrait s'il se mettait à crier. Et puis ce ne fut plus nécessaire.

À quelques mètres de la maudite maison, un homme en uniforme de policier était étendu dans le gravier. Complètement immobile. Ari Thór braqua sa lampe torche pour vérifier qu'il s'agissait bien de l'inspecteur – comme s'il avait pu s'agir de quelqu'un d'autre… À la vue des flaques de sang qui entouraient le corps, il se figea et retint sa respiration. Il dut fournir un effort incroyable pour admettre ce qu'il avait devant les yeux. Enfin il se baissa sur le corps et, par réflexe, ses doigts tremblants tentèrent de trouver un pouls. En vain. Alors, la pensée qu'il courait peut-être lui aussi un danger en se tenant là lui traversa l'esprit. Fallait-il qu'il se réfugie dans sa voiture et appelle une ambulance ?

Soudain il le sentit – il avait trouvé un pouls, faible. À moins qu'il s'agisse d'une illusion, du triomphe de l'espoir sur la réalité ?

Il tira son téléphone de sa poche, essuya l'écran avec sa manche et composa le numéro d'urgence. Sa voix aiguë réclamant une ambulance parut étrange à ses propres oreilles. Les secours seraient là rapidement, l'hôpital n'était pas trop éloigné. Il expliqua la situation de façon aussi concise et précise qu'il en était capable.

– Il est encore en vie ?

– Je crois bien… dit-il d'une voix faible.

Puis, plus fort, d'un ton catégorique :

– Je crois, oui !

Il ne pouvait rien faire de plus. Il n'était pas en position de prendre davantage de risques ni même d'évaluer la gravité des blessures d'Herjólfur.

Il éprouvait une envie impérieuse de fuir, d'aller se mettre à l'abri quelque part, mais il ne se résolvait pas à laisser Herjólfur. Il resta assis par terre à côté de lui, secoué de frissons incontrôlables. Personne à l'horizon. Le fjord était inhabituellement sombre. C'était une période lugubre de l'année, le soleil ne s'offrait que de rares incursions et, dans quelques semaines, il disparaîtrait derrière les montagnes pendant deux longs mois.

Au loin, Ari Thór finit par distinguer des lumières. Il se mit à frotter la main d'Herjólfur.

– Ils arrivent, dit-il à voix basse. Ça va aller…

Le vent emporta ses mots dans un tourbillon. Sans doute ne parlait-il à personne d'autre qu'à lui-même.

Alors, une pensée embarrassante se fraya un chemin dans son esprit. Il essaya sans succès de la repousser, de l'étouffer avant qu'elle n'enfle en lui. *Si Herjólfur n'était plus en état de reprendre son travail, alors le poste d'inspecteur lui reviendrait de plein droit.*

Juillet 1982

Enfin, un crayon et un carnet.

C'est un vieux crayon jaune mal taillé et un carnet qui a déjà servi : quelqu'un en a maladroitement arraché les premières pages. Est-ce qu'il a lui aussi essayé de poser des mots sur ses tourments et son désespoir, comme je m'apprête à le faire ? À moins qu'il ait simplement griffonné, essayé de reproduire le plus artistiquement possible – si c'est possible – la vue unique qui donne sur le jardin de derrière... Certaines choses sont tellement grises et froides qu'aucune couleur sur aucune page ne pourrait leur donner vie.

Maintenant que je peux écrire un peu, je me sens mieux. Je ne saurais expliquer pourquoi, au juste : l'écriture ne m'a jamais apporté de satisfaction particulière. C'est à présent seulement que j'ai le sentiment qu'elle peut me sauver la vie...

Les choses que je consigne dans ce carnet n'ont sans doute même pas d'intérêt. Les raisons de ma présence ici, mes sentiments, la vie monotone que je mène dans ces lieux... Peu importe, du moment que cela préserve ma santé mentale.

Je n'ai pratiquement pas dormi depuis deux nuits. Le soleil brille quasiment sans interruption et les épais rideaux n'y changent rien. Il les transperce et me garde éveillé. Mon compagnon de chambre, lui, n'a pas l'air d'en être gêné : il dort à poings fermés toute la nuit. Dans la journée, il est tout aussi calme. J'entends à peine le son de sa voix, c'est le genre de type peu loquace. Dans ma naïveté, je considérais ça au départ comme une bonne chose, mais à la réflexion, j'admets qu'avoir quelqu'un avec qui parler serait précieux.

C'est vrai, je pourrais discuter un peu plus avec l'infirmière, mais je n'en ai pas envie. C'est elle qui m'a apporté ce crayon et ce carnet. C'est gentil de sa part. Mais il y a quelque chose en elle qui me tient à distance. Quelque chose dans ses yeux que je n'aime pas, qui me dit de ne pas lui faire confiance. Je ne prétends pas que mon jugement est infaillible en ce moment, juste que je dois me fier à mon instinct.

Beaucoup de temps s'est écoulé depuis l'extinction des feux mais je suis toujours là, assis dans la demi-pénombre, occupé à écrire. J'ai écarté un pan de rideau pour laisser entrer la lumière. Ça ne semble pas déranger mon voisin, pas plus que les frottements de la mine sur le papier.

À chaque mot écrit, ma fatigue pèse un peu plus lourd. Enfin. Enfin ce sentiment familier, attendu depuis si longtemps. S'il suffisait de m'y abandonner pour vaincre cette nuit aveuglante ?

J'arrête ici. Je vais fermer le rideau et essayer de me reposer un peu.

3

Gunnar Gunnarsson avait pu compter sur ses relations pour décrocher son poste.

Quelques mois auparavant, il avait pris ses fonctions de nouveau maire des municipalités de Siglufjördur et Ólafsfjördur. Jusqu'à présent, il n'avait commis aucune bourde sérieuse. Il s'était façonné l'image d'un homme fiable, jeune et dynamique, toujours tiré à quatre épingles, qui se consacrait entièrement à son travail et mettait toute son énergie à diriger ses administrés. Il va sans dire que sa nomination avait froissé les intérêts de quelques pontes locaux, mais c'était inévitable. Le bien-être financier de particuliers et d'entreprises ne coïncide pas toujours avec celui de la communauté et les choix de planification stratégique déclenchent souvent des batailles rangées.

À travers le regard encore vierge de ses propres enfants, Gunnar avait compris qu'il y a des lignes nettes qui séparent le bien du mal, le vrai du faux. Les gens étaient soit bons, soit mauvais. Puis, les années passant, ces lignes se brouillaient peu à peu.

Fondamentalement, Gunnar Gunnarsson était un type bien. Même s'il avait sans doute un ou deux squelettes cachés dans un placard. Ce coup de fil l'avait sacrément secoué. Tiré de son hébétude. À présent, il devait se reprendre en main.

Il avait quelques circonstances atténuantes, les temps étaient durs. Son épouse était partie vivre en Norvège avec leurs deux enfants. Ils n'étaient même pas divorcés. Ils évitaient d'évoquer le sujet mais chaque jour qui passait donnait corps à cette éventualité. Elle était médecin et avait eu l'opportunité de travailler dans un grand hôpital d'Oslo. Au début, Gunnar avait suivi le mouvement, mais trouver du travail s'était révélé compliqué. Mauvaise surprise : son diplôme en sciences politiques décroché dans une fac islandaise ne lui ouvrait pas autant de portes qu'il l'aurait cru en Norvège. Sa femme l'encourageait, mais il ne se voyait pas du tout en père au foyer même si elle lui rappelait que, grâce à son salaire en couronnes norvégiennes, elle était capable de subvenir à elle seule aux besoins de toute la famille.

Ce matin-là, il se réveilla très tôt, épuisé par une nuit pénible. Parfois, son sommeil s'apparentait à une activité fugace, insaisissable, qu'il pratiquait entre deux phases conscientes. Cela n'avait rien de reposant. Mais il était habitué aux nuits d'insomnie et ses collègues de l'hôtel de ville ne s'en apercevaient même pas. En revanche, il ne pouvait rien cacher à Elín. Mais ça ne serait pas un problème.

Elín le suivait comme son ombre. Ils avaient étudié ensemble et débuté en même temps dans le journalisme. Ils étaient les meilleurs amis du monde et cette relation s'était révélée désastreuse pour son couple. Les froncements de sourcils de son épouse chaque fois qu'il mentionnait le nom d'Elín trahissaient son manque de confiance, comme s'il allait de soi qu'il était amoureux d'elle et qu'ils avaient une liaison. Il l'admettait d'ailleurs volontiers – en son for intérieur, jamais ouvertement –, elle était magnifique, combinait le charme et l'intelligence, mais il avait toujours résisté à la tentation – jusqu'à présent. Il ne faisait cependant pas de doute pour lui que si, un jour, il lui manifestait de l'intérêt, elle répondrait présente. Au fil des ans, elle avait montré suffisamment de signes qui le prouvaient. Gunnar Gunnarsson n'avait jamais manqué de confiance en lui.

Son mariage était désormais au plus mal. Mille six cents kilomètres et un océan le séparaient de sa femme ; leurs relations étaient très tendues, tous deux totalement frustrés et passablement énervés. Dans ces conditions, on pouvait difficilement attendre de lui qu'il lui reste complètement fidèle, du moins physiquement parlant. Et c'était une coïncidence bienheureuse qu'Elín se retrouve célibataire juste à ce moment-là.

Il lui avait proposé de devenir sa maire adjointe dès qu'il avait appris sa propre nomination. Certes, il lui avait fallu congédier l'homme qui occupait la place, mais il s'y était attelé avec plaisir : se débarrasser d'un collaborateur étroitement lié à la précédente majorité convenait tout à fait à la nouvelle. Il n'avait aucune intention de venir vivre dans le nord sans avoir une alliée sur place, et Elín avait le profil idéal.

Présider aux destinées d'une si petite ville n'était pas précisément le métier de ses rêves, mais il pouvait s'en contenter. Outre le pouvoir et le salaire très correct qui l'accompagnaient, il lui donnerait l'occasion de se forger une expérience qui lui serait utile plus tard. Il avait saisi l'occasion et postulé lorsqu'un vieil ami avait été élu au conseil municipal dans le camp de la majorité. Ils avaient conversé au téléphone, et Gunnar avait compris que le conseil voulait confier les rênes de la ville à un gestionnaire professionnel. Sa candidature leur profitait à tous deux. Il récupérait un poste très convoité et son ami se retrouvait avec un maire en qui il avait toute confiance et dont il pouvait soutenir l'action en coulisses.

Il avait dû tout de même enjoliver quelques détails pour sceller l'arrangement. Pendant les six mois qu'il avait passés à Oslo, il avait décroché un stage non rémunéré dans un ministère. Toute personne acceptant de travailler pour rien aurait probablement été retenue, il ne considérait pas cela comme une réussite personnelle. Il avait donc travaillé pendant un mois au cœur du centre-ville d'Oslo, avec la possibilité de suivre des cours au milieu d'étudiants tous plus jeunes que lui. Les tâches qu'on lui confiait n'avaient rien de passionnant et, sa maîtrise du norvégien étant moins bonne que son CV le laissait entendre, il s'était retrouvé à plusieurs reprises dans des situations délicates. Mais au moment d'envoyer son CV au conseil municipal de Siglufjördur, son stage s'était transformé en poste rémunéré et la période d'un mois était devenue une durée indéterminée au titre – très vague – de « consultant en administration parlementaire ». Cette expérience norvégienne, Gunnar l'apprendrait par la suite, avait eu l'effet escompté au moment de désigner l'heureux candidat.

Il n'aurait jamais choisi Siglufjördur s'il avait eu le choix avec une ville plus importante. Sa famille n'était pas originaire du nord et il n'avait aucune attache personnelle dans la région. En même temps, le fait qu'on ne puisse pas lui reprocher d'être sous influence des traditions locales, des petits arrangements politiciens et des antiques rivalités avait fortement joué en sa faveur.

Il habitait une spacieuse maison dans le quartier le plus récent de Siglufjördur, à l'ombre des parois antiavalanches qui bordaient la ville. Jusqu'à présent, il n'avait été le spectateur d'aucune importante chute de neige mais ces défenses imposantes lui procuraient un sentiment de sécurité. Tous les gens à qui il avait annoncé son départ lui avaient prédit une vie reposante dans cette petite communauté côtière avec, pour seul voisinage, la mer et les montagnes. Ces remarques le faisaient sourire, mais intérieurement, il ne comprenait pas ce qu'il pouvait y avoir d'enchanteur dans le froid, la solitude et l'isolement.

À moitié nu et endormi, il buvait son café noir assis à la table de la cuisine en regardant par la fenêtre. La seule description qui aurait convenu à cette matinée était : toujours plus de vent, toujours plus de pluie. Même ici, dans ce petit paradis bucolique, il n'y avait pas moyen de donner une tournure romantique à cette triste réalité. Par des journées pareilles, il n'avait aucune envie de sortir de chez lui. Hors de question de s'éterniser ici de toute façon : son mandat de quatre ans lui suffirait largement, après quoi il partirait en quête d'un poste plus prestigieux, de préférence près d'une grande ville, idéalement à l'étranger. En attendant, mieux valait ne pas se salir les mains et remplir ses obligations efficacement. De toute façon, ce genre d'endroit n'avait rien d'un terrain miné. Les vrais pièges étaient ailleurs. Du côté de sa vie privée. C'est pourquoi il devait faire attention. Il ne pouvait pas se permettre de détruire son fragile succès en laissant quelques secrets ressurgir au grand jour. Parfois, il pouvait vraiment être son pire ennemi.

Il repensa au coup de téléphone de cet inspecteur. Tout à fait le genre de personnage médiocre qui risquait de tout foutre en l'air.

4

Ari Thór faisait les cent pas dans le couloir de l'hôpital. Herjólfur avait reçu un coup de fusil à courte distance. Selon le médecin, c'était quasiment un miracle qu'il ait survécu. Et presque impossible de croire qu'il ait pu être agressé en service : ce genre de chose n'arrivait jamais, surtout dans une communauté aussi resserrée. Mais ça pouvait difficilement passer pour un accident. On ne chassait pas dans la région et un chasseur aurait de toute façon alerté les autorités. C'était irréel. Perturbant. Les médias ne tarderaient pas à braquer leurs projecteurs sur cette affaire, ce qui compliquerait l'enquête.

Ari Thór avait tout de suite compris qu'un inspecteur extérieur serait nommé, ou du moins il s'y attendait. Le collègue de la victime n'était pas la meilleure personne pour s'occuper de pareille affaire. Un coup de fil matinal au chef de la police d'Akureyri le lui avait confirmé.

– Vous avez raison, on doit confier l'enquête à quelqu'un d'autre, mais je veux que vous y participiez.

Ari Thór avait pris la liberté de suggérer un nom, quelqu'un qu'il estimait parfait pour mener à bien cette mission. Un policier d'une ville voisine avait été réquisitionné pour surveiller la scène de crime en attendant les renforts.

Herjólfur n'était pas mort. Du moins pas encore. Le jeune policier scrutait le visage du médecin qui lui exposait la gravité des blessures. Un transfert d'urgence à Reykjavik s'imposait, un avion était déjà en route.

Le chef de la police d'Akureyri avait confié à Ari Thór une tâche importante. Il redoutait de s'y mettre, restait dans le couloir, indécis, essayant de se convaincre qu'il attendait encore des nouvelles de la santé d'Herjólfur. Mais au fond de lui, il savait qu'il ne pouvait pas repousser l'échéance plus longtemps. Les bruits couraient vite dans la ville et il fallait à tout prix empêcher la terrible rumeur de parvenir jusqu'à l'épouse d'Herjólfur.

Il se demanda s'il ne ferait pas mieux de prévenir son ami le révérend Eggert, le prêtre du coin. Il décrocha son téléphone avant de se raviser. Herjólfur était toujours vivant et la présence du prêtre enverrait un mauvais message à la famille.

Il sortit. La ville commençait à s'éveiller même si, par ce temps, les habitants ne semblaient pas pressés de mettre le nez dehors. Le vent du nord, tristement familier, soufflait ses rafales glacées. Une pluie drue l'accompagnait, et quelques degrés de moins auraient suffi pour transformer le tout en blizzard. Ari Thór ne s'y ferait jamais.

À sa grande honte, il s'aperçut qu'il ne savait presque rien d'Herjólfur. Il se rappelait le prénom de sa femme, Helena, mais il ne l'avait jamais rencontrée. Il lui avait parlé pour la première fois ce matin, au téléphone. Et dans des circonstances tellement bizarres… Combien d'enfants avaient-ils, déjà ? Herjólfur avait parlé d'enfants, Ari Thór en était certain, mais combien, deux ? Plus ? De quel âge ? Sans doute des adolescents. Herjólfur ne se confiait pas facilement et Ari Thór s'en voulait de ne pas avoir fait l'effort d'apprendre à le connaître. Il savait qu'il n'y était pour rien si la promotion lui avait échappé. Pourtant, il avait décidé – pas de façon délibérée mais plutôt inconsciemment – de s'en tenir avec lui à des rapports très officiels, purement professionnels ; il n'avait jamais été désobligeant, mais jamais cordial non plus.

Il s'arrêta devant la porte de la maison, ne se décidant pas à sonner. La pluie redoublait ; une tempête se préparait. En des jours comme celui-ci, la beauté incomparable du fjord et des montagnes s'effaçait derrière les forces de la nature et la ville devenait sinistre – et très, très humide.

Soudain, un sentiment puissant déferla en lui et le ramena quinze ans en arrière, vers une autre journée pluvieuse et venteuse. Un petit garçon nommé Ari Thór, de retour de l'école, venait d'apercevoir une voiture de police garée dans l'allée qui menait à sa maison. Immobile sous la pluie, il avait observé la voiture. Une façon de gagner du temps, comme maintenant. Une pensée avait traversé son esprit : la police vient annoncer une mauvaise nouvelle. Il avait vu juste. Deux policiers étaient sortis de la voiture, l'un jeune et silencieux, l'autre plus âgé, qui avait l'air manifestement plus expérimenté, avec une voix profonde et une expression grave. Ces deux-là auraient aussi bien pu être Ari Thór et Tómas. Ruisselant de pluie, déjà, le petit garçon n'avait pas pu retenir ses larmes.

Le souvenir se déroulait devant ses yeux image par image, comme une scène de film, avec une précision troublante.

Parfois, il valait mieux oublier, tout simplement.

Il était assis sur le canapé quand on lui avait enfin annoncé la nouvelle. Ari Thór s'attendait à quelque chose de ce genre depuis que son père avait disparu sans laisser de traces, mais ce qu'il entendit le foudroya, le stupéfia. Ce n'était pas son père. Mais sa mère. Sa mère qui venait de mourir dans un accident de voiture. Le choc fut indescriptible. En une fraction de seconde, tout ce qu'il savait se transforma. L'enfant de treize ans était devenu un adulte. À compter de ce jour, il était orphelin. Un événement déterminant, un point de bascule dans son existence. Il ne s'en était toujours pas remis.

À présent, il se retrouvait de nouveau trempé sous la pluie, fouetté par le vent, mais cette fois c'était lui, le porteur de la mauvaise nouvelle. Et il ne pouvait plus faire marche arrière. Leur monde serait bouleversé à jamais.

*

Le jeune homme qui vint ouvrir était, incontestablement, le fils d'Herjólfur. Grand, d'allure déterminée, il devait avoir la vingtaine et ressemblait à son père. Comme s'il s'attendait à ce qui allait suivre, il fit signe à Ari Thór d'entrer. Sans un mot. Son visage affichait un air sombre et grave.

Le salon lui parut étonnamment peu accueillant. Son mobilier dépareillé soulignait son aspect froid, impersonnel. *Une maison, pas un foyer.* Le seul élément un peu vivant dans le décor était un vieux piano laqué noir, apparemment bien entretenu et souvent utilisé.

Une femme entre deux âges, qui ne pouvait être qu'Helena, était assise sur un canapé en cuir blanc flambant neuf. Sa présence avait quelque chose d'incongru, il avait dû être acheté récemment, sur un coup de tête. Elle ne se leva pas à l'entrée du policier. Elle resta assise, une épaisse couverture rouge sur les jambes, et posa sur lui un regard vide.

Lui gardait le silence, cherchant les mots justes, conscient de l'impact qu'ils auraient. Il avait vécu la même situation. Impossible de se concentrer, il aurait tellement voulu être ailleurs, n'importe où plutôt qu'ici, forcé d'asséner à cette famille une nouvelle aussi terrible…

Enfin, il lâcha d'une traite :

– Herjólfur est à l'hôpital… ça a l'air grave. Apparemment, il a reçu…

Il marqua une pause. Comment dire la réalité des faits avec le plus de compassion possible ?

– On lui a tiré dessus par accident.

Le visage d'Helena ne bougea pas. Ari Thór regarda le fils, pas un geste non plus. Puis, sans rien dire, il s'assit à côté de sa mère et lui saisit vigoureusement la main. Un spasme de douleur passa sur les traits d'Helena, elle se tourna vers son fils en bougeant ses jambes sous la couverture.

Dans le silence écrasant qui s'ensuivit, Ari Thór se racla la gorge et poursuivit :

– Il n'a pas encore repris conscience. D'ici quelques minutes, il va être transféré d'urgence à l'hôpital de Reykjavik par avion médical. L'avion arrive d'Akureyri, il a sûrement atterri à l'heure où je vous parle.

Nouveau silence de quelques secondes.

– Voulez-vous que je me renseigne pour savoir si vous pouvez partir avec lui ?

Helena secoua la tête.

– Je crois que je ne pourrai pas.

Elle regarda son fils.

– Tu appelles ta sœur, d'accord ?

Deux enfants. Ari Thór attendit, mais ni la femme ni le garçon ne reprirent la parole. Ils paraissaient impatients de le voir partir.

Il allait prendre congé quand elle lui demanda brusquement :

– Par accident ?

– Oui. Il a été blessé par un coup de fusil accidentel. À courte distance.

– Et qui a tiré ?

Son regard se fit de nouveau lointain.

– Ça n'est pas encore très clair, mais nous trouverons. Ne vous en faites pas.

– Où est-ce arrivé ? demanda-t-elle d'une voix faible.

– Devant une vieille maison près de l'entrée du tunnel de Strákar.

– Une vieille maison ?

– Oui. Une maison abandonnée.

– Cette vieille maison en ruine ? Qu'est-ce qu'il fabriquait là ?

Si seulement je le savais, songea Ari Thór avant de répondre du ton le plus catégorique possible :

– C'est ce que nous allons déterminer.

Il commençait à se sentir profondément mal à l'aise. Le souvenir des deux policiers lui annonçant la mort de sa mère était encore vif, comme son désir de les voir déguerpir le plus vite possible pour se retrouver seul avec son chagrin.

– Je sais que ça doit être très dur pour vous… reprit-il pour combler le silence. N'hésitez pas à me contacter si je peux faire quoi que ce soit. De mon côté, je vous tiendrai au courant dès que j'aurai de nouveaux éléments.

Helena le dévisagea tristement mais ne répondit rien. Même dans la douleur, elle avait quelque chose de fascinant, avec sa silhouette svelte et gracile, son visage aux traits creusés encadré par ses cheveux noir corbeau. C'était une femme qu'on ne devait pas oublier facilement ; une femme dont Ari Thór se souviendrait à jamais.

Contre son propre instinct, il ajouta :

– Je peux demander au révérend Eggert de passer vous voir un peu plus tard. Il peut vous aider dans cette épreuve.

Personne ne l'avait aidé à surmonter la perte de sa mère, encore moins la disparition de son père. Ni le prêtre, ni personne. Toute croyance éventuelle en une puissance supérieure avait volé en éclats lors de cette journée pluvieuse.

Pour la première fois, le fils d'Herjólfur prit la parole.

– Merci, nous apprécions, dit-il sans vraiment croiser son regard. Mais nous ne sommes pas particulièrement croyants.

Ari Thór hocha la tête et s'autorisa un imperceptible sourire.

Il quitta la maison en silence, sans formule de politesse. Personne ne l'accompagna à la porte. Il la referma soigneusement et marcha jusqu'à sa voiture d'un pas vif, s'interdisant de courir.

Il entendit la porte s'ouvrir derrière lui et quelqu'un l'appeler doucement.

– Ari Thór…

Il se retourna. Le fils d'Herjólfur se tenait sur le seuil, la main tendue.

– Pardon, je ne me suis pas présenté. Je porte le même nom que mon père, Herjólfur.

Le policier rebroussa chemin et lui serra la main. Il faillit lâcher un « Toutes mes condoléances » mais se retint à temps. Ç'aurait été trop – l'aveu qu'il n'y avait plus aucun espoir.

– C'est terrible. Je sais ce que vous ressentez.

L'expression perplexe du garçon laissait entendre qu'il en doutait.

– Je crois savoir ce que Papa faisait là-bas…

– Vraiment ? dit-il, à la fois surpris et curieux.

– Il m'en a parlé l'autre jour. Apparemment, ça avait un rapport avec son enquête en cours. Vous devez savoir de quoi il s'agit.

Ari Thór n'était pas au courant.

– Eh bien…

Il ne voulait pas admettre que son supérieur n'avait pas eu assez confiance en lui pour lui en parler. Il laissa le silence faire son œuvre, amener une autre question.

– Oui, le trafic de drogue…

– Le trafic de drogue ?

– Vous savez… les types qui se retrouvent dans la maison pour dealer.

– Je vois, oui.

– Papa pensait que je pouvais l'aider sur ce coup. Il voulait savoir si des potes étaient au courant de quelque chose. Je suis au lycée ici, en dernière année…

Ari Thór le laissa continuer.

– Mais je ne savais rien. Les gens ne vont pas s'amuser à raconter ce genre de chose au fils d'un flic.

– Non, effectivement.

– Papa disait que c'était une affaire… disons, sensible.

– Sensible ? Comment ça ? demanda-t-il un peu trop brusquement.

– Si j'ai bien compris… il y avait des connexions politiques.

Ari Thór attendit la suite, mais le jeune homme semblait n'avoir plus rien à dire.

– Il ne vous a pas donné d'autres explications ?

– Non. Malheureusement.

Herjólfur baissa la tête.

Ari Thór le remercia, le salua et retourna à sa voiture. Avant de prendre place au volant, il jeta un coup d'œil par-dessus son épaule. Le jeune Herjólfur était parti et la porte de la grande maison était fermée. Le ciel pleurait toujours, le vent continuait de mugir. Ari Thór était soulagé d'en être sorti, d'en avoir fini avec sa mission. Il avait réussi à tenir la douleur à distance – pour le moment.

Il était toutefois cruellement conscient d'une chose : ce n'était que le début.

Il fait encore nuit. J'ai réussi à trouver le sommeil.

Je suis arrivé dans cet hôpital un soir, tard, et tout ce dont j'avais envie, c'était de rentrer chez moi, de me mettre au lit et de dormir. Bien sûr, j'aurais pu essayer de refuser l'hospitalisation mais Papa avait déjà pris sa décision. Impossible de le faire changer d'avis. Et puis, ce n'est pas le genre d'homme à accepter qu'on lui tienne tête.

Le souvenir de cette soirée reste flou. Je me rappelle seulement quelques détails. Le médecin de garde s'appelait Helgi. Gentil mais strict. Lui aussi pensait que ma place était là, à l'hôpital. Comme toujours, Papa s'était montré convaincant. Je m'étais contenté de bredouiller dans ma barbe.

Un jeune homme, ce médecin. Peut-être une quinzaine d'années de plus que moi, dans les trente-cinq ans. Il avait une voix grave. Une voix persuasive.

« Combien de temps suis-je censé rester ici ? » avais-je demandé.

Il aurait dû répondre : jusqu'à ce que vous vouliez partir. Ç'aurait été la bonne réponse.

Mais il avait répondu : « Aussi longtemps qu'il le faudra. » L'expression de son visage disait combien il se sentait supérieur à moi. Tout se passait comme si on m'avait dénié toute faculté de prendre mes décisions moi-même. J'ai toujours cette sensation : celle d'être un somnambule dépourvu de volonté, emprisonné dans son propre corps.

Ensuite, ils m'ont fait une prise de sang.

De ma fenêtre, je vois que je suis au premier étage. Je me rappelle mon trajet jusqu'ici : un couloir long, douloureusement long. Les murs étaient aussi râpeux que la lave brute ; non, ils étaient tranchants, j'en suis sûr. Dangereux si on se jetait dessus. J'ai l'air de délirer mais je vous assure que c'était ça. Je me souviens d'avoir pensé sur le moment : si je veux vraiment, sincèrement me faire du mal, il suffit que je fonce dans ces putains de murs. Je ne l'ai jamais fait. Peut-être que j'étais trop fatigué. Trop apathique. Trop peureux. Quelques coupures un peu profondes sur l'avant-bras, une tentative de suicide sans conviction : il n'en fallait pas plus pour que Papa se mette à paniquer et que Maman pique une crise de nerfs.

Même si je n'ai aucune envie d'être ici, je suis déterminé à le supporter. Qui sait ? Tout ça peut me faire du bien. Comme dit Papa : compte tenu des circonstances, je ne peux rien espérer de mieux. C'est peut-être vrai, mais au fond de moi, j'ai peur que ce soit le contraire.

5

– Tu sais quoi ? C'est la première fois que je reviens à Siglufjördur depuis qu'on a vendu la maison, dit Tómas en essayant de trouver une position confortable sur une chaise qui n'avait clairement pas été conçue pour être confortable.

Il avait tout de suite répondu présent quand le chef de la police lui avait téléphoné, et était arrivé dans l'après-midi. Ils s'étaient installés dans la cuisine du poste de police, comme au bon vieux temps. Ari Thór sentit une pointe de regret inattendue l'élancer. Même s'il avait convoité avec énergie le poste d'inspecteur laissé vacant par Tómas, il aurait préféré que la situation reste comme avant. Travailler encore quelques années au moins avec lui ne lui aurait pas déplu. Ils s'entendaient bien : Tómas était patient et pédagogue même s'il pouvait, de temps en temps, se montrer assez borné. Mais Herjólfur lui avait succédé, et ça n'avait guère été pour le mieux.

– Je suis passé devant cette bonne vieille baraque en venant ici, reprit-il avec cette façon de parler un peu désuète qu'il adoptait parfois. Ça m'a fait tout drôle, je t'assure. Le médecin qui me l'a achetée a tout changé : il a mis de nouveaux rideaux à toutes les fenêtres alors que ceux qu'on lui avait laissés étaient très corrects, il a agrandi la terrasse, ajouté un nouvel auvent. J'ai l'impression qu'il a même installé un jacuzzi – un jacuzzi, tu imagines !

Il secoua la tête et soupira.

– Il a arraché toutes les plantes et tous les arbustes…

Pour la première fois de la journée, Ari Thór sourit. Il était rentré chez lui après sa visite chez Herjólfur dans l'espoir de s'octroyer un peu de repos, mais ça n'avait pas marché. La grippe se faisait toujours sentir, même s'il parvenait à la garder à distance.

– Tu as été rapide à venir, en tout cas, observa-t-il.

Il allait bientôt être 15 heures. Herjólfur avait été transféré par avion dans le sud. Ses chances de se rétablir étaient encore sujettes à caution et il n'avait pas repris conscience. L'histoire avait déjà mobilisé les médias alors qu'aucune conférence de presse n'avait encore été organisée. L'agression d'un officier de police était forcément appelée à faire la une, surtout quand elle avait lieu au sein d'une petite communauté.

– Ouais… ils m'ont appelé à pas d'heure, maugréa Tómas. J'ai cru comprendre que tu leur avais soufflé mon nom ?

– Je crois que le chef avait déjà eu la même idée. Il y a peu de flics qui connaissent aussi bien Siglufjördur que toi : c'était l'occasion rêvée de te réquisitionner.

Il s'en voulut aussitôt d'avoir utilisé cette formule. Dans les circonstances présentes, on pouvait difficilement parler d'« occasion rêvée ».

Tómas tourna la tête, évitant le regard d'Ari Thór.

– J'ai aussi cru comprendre que tu m'aiderais dans l'enquête ? Ça ne devrait pas poser de problèmes, dès lors que je serai officiellement en charge des opérations. Mais dis-moi, tu ne m'as pas l'air en pleine forme ?

Il avait parlé avec une certaine tendresse, d'un ton presque paternel.

– C'est que… je suis censé être en congé maladie aujourd'hui. Mais bien sûr, je suis prêt à faire de mon mieux. On est juste tous les deux sur le coup ?

– Ne rêve pas. L'équipe scientifique est en route pour la scène de crime. Ils vont passer chaque centimètre carré de la maison au peigne fin. On va avoir deux autres renforts : un type d'Ólafsfjördur et un autre d'Akureyri. Ils vont faire du porte-à-porte dans le coin en espérant trouver quelqu'un qui aurait entendu un coup de feu ou remarqué des déplacements inhabituels, des voitures inconnues dans les parages… Tu vois le genre ? Pas grand espoir, mais on ne sait jamais.

Tómas se leva, prêt à partir. Il se pencha un moment vers la fenêtre. La pluie avait cessé mais la ville revêtait toujours cette apparence grisâtre et morne. Le merveilleux halo de lumière qui la nimbait l'été s'était évanoui et les neiges hivernales n'avaient pas encore nappé le paysage de leur charme pittoresque. À cette époque de l'année, Siglufjördur était comme pris dans les limbes, suspendu entre deux mondes, et c'était très loin d'être la saison préférée d'Ari Thór.

Tómas finit par se retourner.

– Alors, par où on commence ?

Ari Thór hésita. Il ne s'attendait pas à cette question.

– L'arme, finit-il par répondre. D'où provient l'arme ?

– Exact. Reykjavik va nous envoyer le rapport balistique et, avec un peu de chance, on saura quel type de fusil a été utilisé. S'il est enregistré en bonne et due forme, ce ne sera pas difficile de remonter jusqu'à son propriétaire.

– Rien ne nous garantit que le fusil figure dans le registre des propriétaires d'armes à feu, objecta Ari Thór.

Il raconta sa conversation avec le fils d'Herjólfur.

– Ah oui, de la drogue ?

Tómas réfléchit.

– Ça n'a jamais été vraiment un problème à Siglufjördur. Sauf depuis la construction du nouveau tunnel, à ce que j'ai entendu dire. La ville s'est rapprochée des routes principales, pour le meilleur ou pour le pire.

– Et cette histoire politique… Tu as une idée de ce que ça peut être ? demanda Ari Thór.

– Comme ça, là, rien de particulier ne me vient à l'esprit. Il n'y a pas tant d'hommes politiques que ça dans la région, à part quelques conseillers municipaux. Pas vraiment le genre à se mouiller dans un trafic de drogue. J'ai connu la plupart alors qu'ils portaient encore des couches…

Tómas eut un large sourire. Ari Thór savait qu'il valait mieux ne pas prendre ce genre de remarque trop au pied de la lettre. Il réfléchit un instant, puis :

– Certains politiciens de Reykjavik ont leur résidence secondaire ici.

– Ah, ne me parle pas de ça ! Ça me donne envie de pleurer…

Tómas n'avait jamais hésité à dire vertement ce qu'il pensait de la transformation de Siglufjördur en villégiature estivale. Loin de revivre la crise du tournant du XXe siècle, quand le déclin de la filière pêche avait sérieusement entamé la prospérité de la ville, Siglufjördur avait vu son marché immobilier flamber. Les anciens habitants partis vivre ailleurs s'étaient acheté des maisons en ville pour en faire leurs résidences secondaires. Les fanatiques de glisse leur avaient emboîté le pas et les pistes de ski de Skardsdalur, qui partaient de la périphérie de la ville, étaient devenues très populaires.

Cet engouement pour le ski laissait Ari Thór perplexe. Après son installation dans le nord, il avait essayé d'emprunter des skis à plusieurs reprises pour descendre les pistes, mais il avait toujours eu l'impression d'être davantage contrôlé par ses skis que l'inverse. Il pressentait que ça n'aurait pas dû se passer ainsi.

Il s'en voulut de laisser vagabonder ses pensées à un moment aussi critique.

Tómas, qui n'avait apparemment pas remarqué les sautes de concentration de son adjoint, poursuivit :

– Ce serait pas mal de pouvoir mettre un incident aussi déplaisant qu'une agression par balle sur le dos d'un étranger. Mais il ne faut pas trop espérer…

Il ne s'était toujours pas rassis. Il paraissait mieux réfléchir sur ses deux jambes.

– On ne sait toujours pas à qui Herjólfur a pu parler cette nuit. Son téléphone est verrouillé, on pourra y remédier plus tard.

– J'ai passé en revue son tableau de présence au poste et rien ne m'a semblé sortir de l'ordinaire. On peut essayer de voir dans sa messagerie si on tombe sur un e-mail suspect…

– Absolument, soupira Tómas. Quel cauchemar, bon sang… quel cauchemar ! Je crois bien que je n'ai *jamais* entendu parler d'une agression de policier par arme à feu dans ce pays. Tu imagines le bazar que ça provoque à Reykjavik… Panique générale au QG. Tous ! Un truc pareil ne devrait jamais se produire, point final !

– Non… répondit-il pensivement.

Une idée dérangeante le saisit tout à coup.

– Ça aurait pu être moi.

Tómas fronça les sourcils et se tut un moment.

– Possible.

– Plus que possible, répondit sèchement le jeune policier. C'est *moi* qui étais de service cette nuit. Cette foutue grippe m'a sauvé la vie.

– Possible, répéta patiemment Tómas. Même si on ne peut pas éliminer une hypothèse : qu'Herjólfur ait été visé personnellement.

– Non, je ne peux pas imaginer ça !

Ari Thór était encore sous le choc. S'il s'était trouvé à la place d'Herjólfur, à l'heure actuelle Kristín serait plongée dans la situation que vivait Helena. Et le petit Stefnir n'aurait pas eu de père. Il ne poussa pas le raisonnement plus loin.

– Qui pouvait vouloir sa mort ? Nous n'avons pas passé d'annonce publique pour avertir qu'il allait me remplacer…

– Peu importe, répondit Tómas, qui commençait à s'impatienter. Il faut qu'on en sache un peu plus sur Herjólfur. Discute avec sa femme dès qu'elle se sera… ressaisie, autant que possible. Est-ce qu'il a eu des mots avec un habitant de la ville ? Est-ce qu'il a reçu des menaces ?

– Sa femme m'en aurait parlé.

– Tu es sûr ? Je ne l'imagine pas en état de converser après le choc de la nouvelle.

– Non, c'est vrai, admit Ari Thór. Elle n'a pas dit grand-chose. Elle était très secouée.

– On ira la voir demain. On m'a dit qu'elle était plutôt fragile.

– Fragile ? Comment ça ?

– Je ne sais pas au juste, mais au moment où il a décroché sa promotion ici, il sortait d'une année sabbatique prise pour s'occuper de sa femme.

– Une année entière ? Ce n'est pas rien… Il s'est vraiment sacrifié pour elle, alors.

– Hmm… on verra.

Tómas baissa la voix comme si, dans un coin de la cuisine, Herjólfur épiait leur conversation.

– Il a continué de percevoir cent pour cent de son salaire pendant tout ce temps.

– Ah oui, pas mal. Notre syndicat se débrouille bien.

– Pas sûr que le syndicat y soit pour quelque chose. Herjólfur a le bras long. En son temps, son père était une légende vivante. Un flic de la vieille école, haut gradé, très influent. Un malin. Je l'ai rencontré une fois, je me rappelle. Un vrai dur. Le vieux est mort aujourd'hui, mais on peut dire qu'Herjólfur a du sang bleu dans les veines. Une sorte d'aristo de la police, tu vois le genre ?

– C'est pour ça qu'il a eu ton poste et pas moi ?

– Fort probable.

Ari Thór se tut.

– Et il y a autre chose, reprit Tómas. Cette vieille baraque près du tunnel. Elle a une histoire bizarre. Des frères jumeaux y vivaient dans les années cinquante. Un soir, vers 1960, on a retrouvé l'un d'eux mort derrière la maison : apparemment, une chute depuis le balcon. Mais selon la rumeur, les deux frères avaient beaucoup bu et auraient reçu un visiteur. Pour autant que je sache, personne n'a jamais découvert ce qui s'était réellement passé. Certains accusent l'autre frère, parlent d'un coup de folie… Après l'accident, il a complètement changé. Il s'est mis à vivre en reclus. L'affaire a fini par s'éteindre d'elle-même, comme pas mal d'affaires troubles de l'époque. On en est resté à l'hypothèse de la chute. C'est ce qu'on m'a dit, en tout cas.

– Tu ne penses pas qu'il y a un lien, si ?

– J'en doute. Mais on doit rester ouverts à toute possibilité.

Ari Thór se leva un peu trop vite. Il était encore faible. La tête lui tournait, il se sentait nauséeux, mais il prit sur lui. Des gouttes de sueur luisaient sur son front.

– Tu es sûr que tu te sens d'attaque ?

Tómas semblait prêt à le renvoyer chez lui.

– Bien sûr, tout va bien.

Sa voix sonnait déterminée, à défaut d'être convaincante.

– OK. On ferait mieux de s'y mettre. Je propose qu'on commence avec Addi Gunna. Il devrait être chez lui.

– Addi Gunn ? Qui c'est ?

– Gunna, pas Gunn. C'était le nom de sa mère. Son père était un bon à rien de Reykjavik. Gunna est une fille de Siglufjördur, elle venait d'une bonne famille. Addi, lui… bah, il a connu des hauts et des bas.

– Jamais entendu parle de lui.

Ils sortirent du poste de police.

– Pas étonnant, répondit Tómas en prenant place dans la voiture. Tu es toujours considéré comme un petit nouveau, tu sais ? Tous les gens de Siglufjördur connaissent Addi Gunna. Pendant très longtemps, et peut-être encore maintenant, il a été la seule personne en ville à avoir fait de la taule pour détention de drogue. Plusieurs fois, même. Il est venu dans le nord il y a dix ou quinze ans, après la mort de sa mère. Depuis, il est censé être clean, du moins en apparence. Mais j'ai toujours gardé un œil sur lui. Ça ne me surprendrait pas qu'il ait gardé un pied dans le business, malgré ses soixante ans. Il est peut-être juste plus discret qu'avant.

– Tu ne m'en avais jamais parlé, remarqua Ari Thór d'un air presque accusateur. Tu aurais pu me dire quelque chose…

– Bah… écoute, je ne trouvais pas ça juste de te demander de surveiller ce pauvre vieux. Et puis, on est parents, lui et moi : c'est mon petit-cousin.

Ari Thór scruta Tómas sans un mot. Les choses venaient de prendre un tour compliqué tout à coup, et il se sentait de nouveau dans la peau de l'étranger, comme aux premiers temps de son installation à Siglufjördur. Un étranger dans un endroit où les gens étaient tous liés les uns aux autres, sans qu'aucun ne se fasse réellement confiance.

6

– Tómas. Content de te voir, cousin.

Ils se serrèrent la main.

– Je m'attendais à ta visite. J'ai entendu les nouvelles de la mi-journée à la radio.

La voix d'Addi Gunna était râpeuse et pleine d'assurance.

– Je te présente…

– Je sais, l'interrompit-il. Ari Thór Arason.

– On s'est déjà vus ? demanda Ari Thór, tout de suite sur la défensive.

Il ne se rappelait pas avoir rencontré cet homme. Il ne l'aurait pas oublié. Addi était grand, longiligne, plus proche des soixante-dix ans que de la soixantaine en apparence, avec un visage en lame de couteau, des veines et des os proéminents, des yeux globuleux qui semblaient surgir de son visage. Il portait un pull marin épais et tenait entre ses doigts une cigarette fumante – longue et mince, à la mode plusieurs décennies auparavant.

– Je ne crois pas, répondit-il d'une voix traînante. Mais ne vous fâchez pas, mon garçon, tout le monde en ville sait qui vous êtes. Comment va Kristín ?

Le large sourire d'Addi dévoila ses dents jaunâtres.

– Tu ne nous fais pas entrer ? intervint Tómas avant qu'Ari Thór ait le temps de répondre à cette familiarité.

Il faisait de son mieux pour rester calme, dominer la colère qui bouillonnait en lui. Comment ce truand osait-il l'interroger sur Kristín ? Était-ce une sorte de menace déguisée ?

– Entrez.

L'appartement était raisonnablement propre, à l'exception de cendriers pleins à ras bord posés sur toutes les surfaces planes. La puanteur du tabac prenait à la gorge. Ari Thór pensa tout de suite à l'appartement de sa grand-mère où il avait vécu après la mort de ses parents. Aucun cendrier et aucune odeur de tabac froid là-bas – elle détestait la cigarette autant que l'alcool –, mais quelque chose chez Addi Gunna avait immédiatement réveillé ce souvenir. Le mobilier du salon datait sans doute de la mère d'Addi, de la même génération que la grand-mère d'Ari Thór. Après sa mort, Addi n'avait pas cherché à s'approprier le lieu, il s'était contenté de vivre dans l'ombre de sa mère.

– Vous voulez vous asseoir ? grommela-t-il en tirant sur sa cigarette.

– Merci, mais non, on est pressés, répondit Tómas.

Ari Thór se taisait. Il sentait son hostilité s'accroître de seconde en seconde.

– Je suppose que tu sais, en tout cas tu devines, quel policier a été agressé, commença Tómas.

Le nom d'Herjólfur n'avait pas été divulgué aux médias.

– Bien sûr. Et ce n'est pas pour me le dire que tu es venu.

Addi se laissa tomber dans un vieux fauteuil lie-de-vin.

– Tu connais l'endroit où ça s'est passé ?

– Je devrais ?

Il y avait quelque chose de taquin dans sa voix.

– La vieille maison près de…

– Ouais, ouais… je connais.

– On pense qu'Herjólfur enquêtait sur un trafic de drogue dans les parages. Tu es au courant ?

– Tu ne manques pas d'air, cousin. Tu débarques chez moi pour me demander si je deale et si j'ai buté un pauvre flic ?

– Arrête, Addi.

– Putain, j'ai été condamné une fois et ça fait de moi un criminel pour le restant de mes jours ?

– Plus d'une fois, Addi.

– Mais qu'est-ce que tu veux que je te dise, bordel ? Des conneries ? Ou que je balance des potes, c'est ça ?

– Quelqu'un a essayé d'assassiner un officier de police, martela Tómas. Je ne t'accuse de rien du tout mais si tu es au courant de quelque chose, tu ferais mieux de m'en parler. Essayer de protéger ceux qui sont derrière cette histoire n'est pas une bonne idée. Tu peux me croire, ce crime ne restera pas impuni.

Addi tira en silence sur sa cigarette.

– Écoute, Tómas, je suis un vieil homme… Tu sais bien que je ne tirerais jamais sur personne, même pas sur un flic…

Sa voix faiblit.

– Tu sais qui a pu faire le coup ?

– Bah, comment savoir, hein ? Je ne suis pas responsable de tous les dealers de la région…

– Est-ce que cette maison abrite ce genre de trafic ?

– Possible.

– Oui ou non ?

– Ouais, ouais. À ce que je sais. OK ?

– Il s'y passe quoi ?

– Du deal, c'est tout. Un mec dépose de la dope, un autre mec la récupère. Compris ? C'est une bonne planque, vu que les flics ne s'emmerdent plus à patrouiller hors de la ville… Pas vrai ?

Tómas laissa la question en suspens. Ari Thór savait que l'homme disait vrai. Il semblait convaincant.

– Et toi ? Tu as un lien avec ces mecs ? Ces mecs et leur… business ?

– Non, cousin.

Il montra sa cigarette à Tómas.

– Depuis que je suis revenu vivre ici, ma seule came, c'est ça.

– Il y avait quelqu'un là-bas, cette nuit ?

– Comment je saurais ? marmonna Addi. Je ne suis pas au courant de tout ce qui se trafique dans le coin…

– À qui je devrais parler, maintenant ? Un type qui se serait occupé récemment de… tu sais, du côté pratique du business ?

Addi lâcha un petit rire.

– Ah, cousin Tómas… Je n'en sais foutre rien.

– Ne te laisse pas emmerder par le vieux, il a toujours été comme ça, confia Tómas à Ari Thór, de retour dans la voiture.

– Pas de risque.

Mais sa voix chancelait.

Entendre Addi parler de Kristín, l'air de rien, en passant, l'avait rendu fou de rage. Et s'il y avait une chose dont Ari Thór se méfiait, c'était son tempérament colérique, surtout s'il y avait le moindre soupçon de menace envers sa famille. Il espérait qu'il avait mal interprété les paroles d'Addi, mais il ne pouvait s'empêcher de craindre le pire.

Je viens de prendre mon petit-déjeuner. Ce qu'ils appellent un petit-déjeuner.

Sur le plateau en plastique : une tartine de pain de seigle beurrée et un fruit.

Je n'avais pas envie d'aller au réfectoire, l'infirmière m'a obligé.

Ça te fera du bien, qu'elle disait.

En ce moment, il y a plein de choses qui sont censées me faire du bien.

J'ai fait ce qu'elle me demandait. Je ne veux pas perdre mon temps à discuter. Le premier matin, on m'a apporté mon petit-déj' au lit, mais apparemment, on ne propose plus ce service...

Ils disent que je ne fais pas assez d'efforts pour me mêler aux autres. Aux autres... euh... malades. Je ne suis pas spécialement craintif, mais ça ne m'intéresse pas de les connaître. Je ne veux pas rentrer dans leur groupe, être un des leurs. Ma place n'est pas ici. Celle avec qui j'ai le plus parlé, c'est l'infirmière, et je ne l'aime pas.

Pas spécialement effarouché non plus, mais il y a toujours eu une trouille en moi, tapie dans un coin de ma tête. C'est peut-être elle qui remonte à la surface en ce moment, elle qui essaie de s'échapper... Cette timidité que j'ai en moi, d'aussi loin que je me souvienne. Il y a bien une raison à cela – plusieurs même, j'en suis sûr.

7

Kristín était épuisée. Le petit dormait enfin, mais sa sieste était plus tardive qu'à l'accoutumée. Tout se précipitait : après l'appel au milieu de la nuit, Ari Thór était revenu en vitesse pour annoncer la terrible nouvelle. Le choc avait été violent. Tellement inattendu qu'elle avait encore du mal à y croire.

Son premier réflexe avait été de proposer son aide.

– Je peux faire quelque chose ? Si la baby-sitter est disponible, je peux partir à l'hôpital dès maintenant.

Le médecin en elle était déjà prêt à intervenir.

– Merci, mais il va être transféré en urgence à Reykjavik. Il est peut-être déjà parti.

Elle aurait voulu l'interroger sur les blessures de la victime, estimer ses chances de survie, mais elle n'arrivait pas à se plonger dans les détails de cette tragédie.

Elle songea immédiatement qu'Ari Thór aurait dû être de service, pas Herjólfur. Mais vu son émotion, elle prit bien soin de ne rien dire.

À l'idée qu'elle aurait pu le perdre, elle sentit sa conscience la tarauder – le nouveau médecin fraîchement engagé à l'hôpital d'Akureyri n'y était pas étranger. Il avait sept ans de plus qu'elle, était divorcé et venait se réinstaller en Islande après des études et un premier poste en Suède. Grand, élégant, d'une intelligence vive, il était aussi patient et réfléchi. Semblable à Ari Thór par certains côtés, à l'opposé par d'autres. Ari Thór pouvait se montrer imprudent, égocentrique, sarcastique, prompt au ressassement. Il restait englué dans le passé, n'avait jamais réussi à surmonter la mort de ses parents. Pour des raisons qu'elle ignorait, ses blessures refusaient de cicatriser. Et, comme s'il était condamné à rester enlisé toute sa vie, le présent l'accablait tout autant. Que cette promotion lui soit passée sous le nez l'avait amèrement déçu. Il ne savait plus s'il devait partir ou rester. Kristín avait pris la décision pour eux deux. Elle aimait Siglufjördur et y vivre tout en travaillant à Akureyri lui convenait tout à fait. Avec le nouveau tunnel, le trajet était plus rapide.

Elle devait bien se l'avouer, malgré son scepticisme initial : c'était une ville ravissante. Elle s'épanouissait à la lumière des longues journées estivales, s'enivrait du merveilleux parfum de la mer. L'air froid mais d'une pureté incroyable l'emplissait chaque jour d'énergie, même en hiver. Elle s'était prise à aimer la pluie et le vent, comme aujourd'hui. Ils renforçaient son sentiment d'être en vie. À tout prendre, elle n'était pas loin de préférer les mois d'hiver au bref été, avec cette obscurité duveteuse qui engloutissait la ville. En outre, le nouveau tunnel lui permettait de se rendre facilement au fjord désert d'Hédinsfjördur. En hiver, on y trouvait une obscurité presque totale qui permettait d'admirer les étoiles piquées dans un ciel incroyablement pur. Quand elle avait de la chance, elle pouvait même s'émerveiller des aurores boréales. Pourtant, elle ne resterait pas à Siglufjördur. Sa décision était presque arrêtée : d'ici deux ou trois ans, quand Stefnir serait un peu plus grand, elle reprendrait des études à l'étranger.

Restait à savoir si Ari Thór viendrait avec eux. Et, incidemment, si *elle* en avait envie. Leur relation résisterait-elle à un examen approfondi ? Quel était leur avenir ensemble ? Kristín avait enfoui toutes ces interrogations au fond de son cerveau depuis trop longtemps. Les mêmes doutes revenaient, frôlant la surface de sa conscience, mais elle parvenait à les ignorer. Du moins, jusqu'à ce nouveau médecin débarqué de Suède. Une fois son congé maternité terminé, elle avait repris son poste à mi-temps et avait travaillé de nombreuses fois avec lui. Leur amitié avait été instantanée. Ils s'entendaient si bien que c'en était troublant. Leurs opinions et leurs centres d'intérêt s'ajustaient à la perfection. Ils déjeunaient ensemble, prenaient leur pause-café au même moment ; elle se sentait bien en sa compagnie. Aucun d'eux n'avait franchi la ligne rouge, aucune règle tacite ou explicite des relations humaines n'avait été enfreinte, rien ne s'était passé entre eux dont elle ait à rougir. Pourtant, elle savait qu'elle frôlait le bord du précipice, et elle ne pouvait pas y rester éternellement.

Elle l'appréciait beaucoup, l'homme, le médecin, ça ne faisait pas l'ombre d'un doute. Était-elle amoureuse de lui ? À peine. Était-elle amoureuse d'Ari Thór ? N'éprouvait-elle pas plutôt pour lui une affection profonde, qui s'était concrétisée par la naissance de leur magnifique garçon ? Et se sentirait-elle capable d'infliger cela à son fils, de briser leur famille, si elle pouvait l'éviter ?

Ari Thór n'avait rien fait de mal, pas vraiment. Il était devenu un bon père, consciencieux et affectueux. Il était évident qu'il ferait tout ce qui était possible pour que Stefnir grandisse dans un environnement harmonieux.

Il n'avait jamais envisagé que Kristín puisse songer à partir. Elle, de son côté, retournait l'idée dans sa tête depuis plusieurs semaines, pesant lucidement les avantages et les inconvénients d'une telle décision.

L'arrivée du médecin avait donné corps à son dilemme. Évidemment, c'était l'une des composantes du problème, dans une certaine mesure. Peut-être Kristín avait-elle envie de voir si cette relation pouvait fonctionner ? Elle sentait qu'une chance se présentait à elle avec cet homme – et une vraie chance. À moins qu'elle n'enjolive les choses ?

Mais elle était déterminée à ne rien tenter avant d'avoir rompu avec Ari Thór. Si elle devait sauter dans le précipice, elle ne prendrait pas de parachute. Elle était incapable de s'imaginer lui être infidèle. Ce n'était pas dans sa nature. Contrairement à lui.

Lui, il l'avait déjà trompée avec une greluche du coin, une certaine Ugla. Juste un baiser, avait-il plaidé, mais c'était largement assez. Elle avait vu l'éclair de culpabilité passer dans ses yeux alors qu'il la suppliait de lui pardonner. Elle le connaissait par cœur.

Elle n'imaginait même pas comment il réagirait s'il apprenait qu'elle le quittait pour un autre. Serait-il capable de contrôler sa fureur ? Pour être tout à fait honnête, elle n'en était pas convaincue. Il y avait une noirceur qui dormait en lui, et il valait mieux ne pas la réveiller. Il était prompt à la colère et sa jalousie avait quelque chose de pathologique. Avec le temps, serait-elle capable de l'aider à corriger ce défaut majeur ?

Non qu'elle se sente menacée en sa présence, il était inimaginable qu'il puisse lui faire le moindre mal. Si jamais elle se trouvait en danger, il la protégerait par tous les moyens, même les plus extrêmes.

Mais il y avait ses *secrets*. Après toutes ces années, il ne lui avait jamais raconté la vérité sur la disparition de son père. Il en savait nécessairement davantage qu'il ne voulait bien l'avouer. Il ne lui faisait pas complètement confiance. Elle savait que cette histoire le rongeait. Parfois, certaines nuits, il appelait son père dans son sommeil avec des accents désespérés. Kristín l'écoutait, le cœur serré.

Elle avait encore du chemin à parcourir pour prendre sa décision et les semaines écoulées avaient été difficiles. La nuit, elle restait éveillée, s'acharnant à remettre de l'ordre dans ses pensées et dans ses sentiments, remplissant les colonnes « crédit » et « débit ». Mais elle était incapable de parvenir à un avis ferme.

L'agression d'Herjólfur lui avait ouvert les yeux. La vie était courte, elle s'en rendait compte, et il était crucial de prendre les bonnes décisions. Si elle devait quitter Ari Thór, alors il fallait passer à l'acte, et vite.

8

Ari Thór et Tómas étaient encore au poste de police et l'heure du dîner approchait. Toute la journée, le téléphone avait sonné sans discontinuer et Tómas avait répondu aux médias de sa manière habituelle : polie mais sans rondeurs.

Tómas alluma la petite télévision. Les infos du soir étaient presque entièrement consacrées au crime de Siglufjördur.

– Tu ferais mieux de rentrer chez toi. Je fais encore un peu de veille et demain matin, on ira voir la scène de crime. Nos collègues de la scientifique m'ont prévenu qu'il ne leur restait presque plus de relevés à faire. Tu étais déjà entré dans cette maison ?

Ari Thór secoua la tête et attrapa une part de pizza. Tómas en avait rapporté deux de sa pizzeria préférée, sur la place principale.

– Rien ne vaut une pizza de Siglufjördur, soupira-t-il, une traînée de sauce tomate sur le menton.

Il culpabilisait de ne pas être allé voir Kristín chez eux depuis le matin. Leur maison n'était pas loin… Mais il comptait sur sa compréhension.

– Je prends une ou deux parts pour Kristín, s'il en reste.

– Bien sûr, sers-toi. Comment va le petit ?

– Bien, répondit-il avant de s'apercevoir que Tómas espérait une réponse plus circonstanciée.

– C'est un vrai tank, il fonce partout. Là, il essaie de se mettre debout. Il ne parle pas encore, pour l'instant c'est surtout des gargouillis et des rires. J'essaie de lui expliquer que Noël approche et je lui ai acheté beaucoup trop de cadeaux.

Un sourire se dessina sur le visage de Tómas.

– Il faut que je fasse sa connaissance tant que je suis là.

– Absolument.

– Ma femme lui a tricoté un pull. Avec un peu de chance, ce sera la bonne taille. On voulait te l'envoyer avant Noël… Dommage que je sois parti en catastrophe, je n'ai pas pensé à le prendre.

– Elle lui a tricoté un pull ? C'est trop, Tómas ! Merci.

– Bah, je t'en prie. Et puis je n'y suis pour rien, je n'ai jamais tenu une aiguille de ma vie. On va vous inviter dès que l'occasion se présentera. Vous avez prévu de descendre dans le sud un de ces jours ?

– On n'a rien décidé mais les parents de Kristín rentrent de Norvège l'été prochain, je suppose qu'on descendra tous les trois pour leur rendre visite.

– Et dis-moi, comment vous vous en sortez, avec Herjólfur ? Vous n'êtes que deux pour tenir la baraque…

– Ça se passe bien, mais tout juste. On reçoit parfois des coups de main des gars d'Ólafsfjördur.

Ces conversations avec Tómas lui avaient manqué. Ari Thór se rendait compte que Kristín et Tómas étaient sans doute ses deux seuls amis. Après avoir emménagé à Siglufjördur, il avait plus ou moins perdu le contact avec ses anciens copains de Reykjavik et Tómas était le seul qu'il se soit fait sur place. Bien sûr, il y avait

Ugla, qui vivait toujours en ville… mais ils ne se parlaient plus depuis des années. Elle l'avait flanqué à la porte quand elle avait découvert qu'il avait déjà une petite amie. Désormais il n'oserait même pas la regarder, sachant comment Kristín réagirait.

Tómas jeta un coup d'œil sur un bureau occupé seulement par un ordinateur et un clavier.

– Personne n'a encore pris la place de Hlynur, remarqua-t-il gravement.

– Non. Pas encore.

Hlynur, le troisième élément de la police de Siglufjördur avec Tómas et Ari Thór, s'était suicidé au milieu d'une enquête criminelle délicate. Ari Thór savait que Tómas ne s'était jamais complètement remis de ce choc et se considérait encore responsable, dans une certaine mesure, de ce qui s'était passé. Et lui culpabilisait de n'avoir pas fait l'effort de se lier davantage avec son collègue alors qu'il le sentait perturbé… Mais, là encore, il était le nouveau venu en ville et l'essentiel de son attention s'était concentré sur le fait de prendre ses marques.

Le portable de Tómas sonna. À l'expression lue sur son visage, Ari Thór comprit que quelque chose venait d'arriver.

La conversation fut brève. Juste après avoir raccroché, Tómas se précipita sur l'ordinateur.

– Viens voir, ordonna-t-il d'un ton bourru.

L'inquiétude plissait son front.

Ari Thór n'était pas en état pour reprendre du service. Les soucis qui encombraient sa tête, sa maladie, sa perplexité face à l'affaire dilapidaient le peu d'énergie qui lui restait. La fatigue commençait à l'emporter. Mais il devait s'accrocher.

– Quoi ? soupira-t-il en s'essuyant le front et en approchant.

Tómas posa l'index sur l'écran de l'ordinateur.

– Regarde ça. On vient de recevoir la liste des numéros appelés par Herjólfur avant son agression, ainsi que les numéros reçus. Assieds-toi et passe-les en revue. Tu es plus rapide que moi.

Tómas laissa sa place à Ari Thór.

– Commence par celui-ci. C'est le dernier numéro à avoir appelé le portable d'Herjólfur.

Ari Thór lança une recherche.

– Numéro inconnu.

– Bon, on demande des infos supplémentaires. Autres numéros appelés, etc.

– J'envoie ça, répondit Ari Thór d'une voix faible.

La pluie martelait les fenêtres de son staccato, à l'unisson du mal de crâne qui commençait à l'envahir. Il faisait chaud dans le poste, la nuit s'annonçait longue. Ari Thór savait que Kristín lui en voudrait. Son indifférence ces derniers jours l'inquiétait, mais il n'avait pas eu le temps de se pencher sur le problème.

Il reprit le recensement des appels les plus récents. La plupart étaient anodins : le numéro de l'épouse d'Herjólfur, le sien, celui d'un restaurant à Reykjavik.

– Il avait prévu d'y emmener sa femme, expliqua Ari Thór. Il m'en a parlé parce qu'il voulait savoir quand je serais rétabli afin de pouvoir poser ses vacances. C'était censé être une surprise pour elle. Sans doute qu'elle n'est toujours pas au courant. J'aurais peut-être dû lui en toucher deux mots…

La dernière remarque ne s'adressait pas à Tómas mais à lui-même.

– Tiens, celui-là a l'air intéressant !

– Fais voir, demanda Tómas en s'approchant.

– Gunnar Gunnarsson, le maire.

– Il a appelé Herjólfur ?

– Non. C'est Herjólfur qui lui a téléphoné. Il y a deux jours.

– Il avait forcément une raison, commenta Tómas, toujours aussi prudent.

– Tard le soir.

– Quoi ?

– À 22 heures. Drôle d'horaire pour appeler un politicien municipal.

Tómas acquiesça.

– En effet. Ça mérite qu'on lui rende une petite visite. Autant y aller tout de suite, on ne va pas attendre demain, tu ne crois pas ?

Ari Thór haussa les épaules. Il avait toujours l'impression de devoir faire ses preuves face à Tómas.

– Ça me va, mentit-il.

Il était fatigué, si fatigué… Il ne rêvait que d'une chose : rentrer chez lui, se mettre au lit et s'occuper de tout le reste plus tard. L'enquête, les ordres de Tómas, le comportement de Kristín…

– Envoie d'abord un e-mail pour le premier numéro de téléphone, ensuite on part faire un tour. Et après je te laisse rentrer chez toi. Une bonne nuit de sommeil te fera du bien.

La chaleur du poste de police incommodait Ari Thór. La vision des rafales de pluie frappant les fenêtres embuées offrait comme un répit provisoire. C'était son métier, il devait le faire, mais son instinct lui soufflait que cette visite n'allait pas être une partie de plaisir. Une force obscure frémissait au cœur de Siglufjördur. Quelqu'un avait tenté d'assassiner de sang-froid un officier de police. Ils évoluaient en territoire inconnu, rien de ce genre n'était jamais arrivé auparavant. Il n'y avait pas moyen de savoir si et quand d'autres agressions allaient avoir lieu. Ari Thór sentit la peur le gagner.

D'après l'infirmière, le Dr Helgi ne sera pas là avant demain. Elle lui demandera s'il peut me recevoir.

Ce n'est pas facile de deviner son âge, et je ne me décide pas à le lui demander. La quarantaine, je pense. Elle a un visage légèrement bouffi. Trop de vin rouge et trop de biftecks. Ses yeux sont fatigués, elle ne sourit jamais. Impossible de bien s'entendre avec des gens qui ne sourient pas.

Si ça se trouve, elle n'a même pas quarante ans. Dans ce cas, elle n'a jamais vraiment pris soin d'elle. Une chose est sûre : ce n'est pas mon genre.

Je ne peux pas écrire sur mon voisin de chambre parce qu'il ne dit jamais rien et ne fait pas grand-chose à part dormir. Le seul avantage à l'avoir sous les yeux toute la journée, c'est qu'il m'oblige à me sortir de ma léthargie. C'est entendu, demain j'irai à la réunion du matin. Je découvrirai peut-être la vérité.

9

Le maire habitait une maison indépendante sur une parcelle récemment construite sur la rive continentale du fjord.

Un petit moment s'écoula avant que la porte d'entrée s'ouvre sur le maire en personne, vêtu d'une robe de chambre blanche assortie à ses pantoufles. Il ne parvint pas à masquer sa stupeur en découvrant les deux policiers sur le pas de sa porte, mais il se composa rapidement une expression avenante et cordiale.

– Gunnar ? demanda Tómas avec sa courtoisie habituelle.

– C'est moi, répondit-il avec ce sourire du politicien type.

– Je m'appelle Tómas, j'étais l'inspecteur en poste à Siglufjördur pendant de nombreuses années. Avant votre arrivée.

Il parlait avec autorité.

– Je suppose que vous connaissez Ari Thór ?

– Bien sûr. Entrez. Désolé de ne pas être habillé pour vous recevoir, mais je n'attendais pas de visites. C'est le problème, quand on vit seul…

Ils le suivirent dans le salon. La télé était allumée. Sur la table, les reliefs de ce qui ressemblait à un pauvre plat à réchauffer au micro-ondes.

– Je vous proposerais bien quelque chose à boire mais j'ai peur que les placards soient vides. Je mène une vraie vie de célibataire.

Ses excuses sonnaient faux.

– Ma femme travaille à l'étranger, elle est médecin.

Il leur indiqua le canapé, sans s'asseoir lui-même.

– Quelles nouvelles ? Comment va Herjólfur ? Il est toujours… avec nous ?

– Toujours, répondit Tómas.

– Dieu merci. C'est une chose vraiment… terrible. Difficile à comprendre. L'ambiance à l'hôtel de ville était très morose aujourd'hui, pour ne pas dire pire, et la plupart des employés sont partis tôt…

Il haussa la voix :

– Bon Dieu ! Je n'arrive pas à y croire, un officier de police abattu ici, à Siglufjördur !

Ari Thór jeta un regard vers Tómas, espérant qu'il interromprait Gunnar avant qu'il se lance dans une grande tirade politique sur la nécessité d'assurer la sécurité des policiers en service. Tómas ne le déçut pas : il alla droit au but.

– Pourquoi Herjólfur vous a-t-il appelé il y a deux jours ?

– Nous siégeons tous les deux au même comité pour la sécurité routière. On voulait fait le point sur différents problèmes.

Gunnar avait répondu presque avant la fin de la question, du tac au tac, comme un candidat de jeu télévisé bien préparé.

– Lesquels, par exemple ? demanda Tómas en adoptant le même ton insouciant.

– Principalement le rond-point et d'autres questions qui vont être examinées à la prochaine réunion.

Toujours la même fluidité, la même spontanéité apparente.

– Je ne me rappelle pas exactement ce qu'on s'est dit. J'ai beaucoup de boulot ces derniers temps. C'est un métier très prenant.

– Quel rond-point ? Il y a un rond-point à Siglufjördur, maintenant ? Eh bien, il s'en est passé des choses si peu de temps après mon départ !

Ari Thór se tenait délibérément en retrait. Il préférait garder de bons rapports avec le maire et cette discussion risquait de mal finir.

– Pas encore, à vrai dire. On en est encore au stade du projet : construire des ronds-points pour rendre la conduite plus sûre. Vous comprenez ?

L'expression sur le visage de Tómas montrait qu'il ne voyait pas la nécessité de construire un rond-point dans une aussi petite ville.

– Ça réduit la vitesse, ajouta le maire avec cet air supérieur qu'il réservait aux publics difficiles à convaincre en période électorale.

– Il n'y a jamais eu de problème d'excès de vitesse quand j'étais en poste, marmonna Tómas juste un peu trop fort.

– Peut-être bien, en effet. Mais aujourd'hui, Siglufjördur s'est ouverte sur le monde. Il y a plus de circulation, et avec elle peut-être plus de délinquance…

– Qu'est-ce que ça avait de si important ?

La voix de Tómas était plus cassante.

– Quoi donc ?

– Cette discussion sur les ronds-points. Quand Herjólfur vous a appelé, il était 22 heures passées.

Cette fois, Gunnar hésita.

– Ça, je ne peux pas savoir pourquoi il a décidé de m'appeler si tard. Je me rappelle avoir trouvé ça excessif, sur le coup. Comme vous pouvez le voir, je ne suis pas du genre à me coucher tard.

Il sourit en baissant les yeux sur sa robe de chambre.

– Bien sûr, je ne lui en ai pas fait la remarque. Je suis resté courtois, comme d'habitude. Nous avions une bonne relation de travail.

– Vous avez évoqué d'autres questions ?

– Honnêtement, je ne m'en souviens pas.

– Vous vous êtes reparlé ensuite ?

– Non, pas du tout. Évidemment, à ce moment-là, je ne pouvais pas savoir ce qui allait se passer. Notre conversation n'avait rien de mémorable. Et j'espère que ce ne sera pas la dernière, d'ailleurs…

Un espoir bien faible, se dit Ari Thór en songeant à la scène atroce qu'il avait découverte le matin même. Il avait l'impression que cela remontait à plusieurs jours, mais toute son horreur était encore là, frémissante, aux lisières de son esprit, atténuée seulement par l'effort acharné qu'il déployait pour la tenir à distance.

– Il vous a parlé de la maison ?

– De la maison ?

– De la maison où il s'est fait tirer dessus ?

La voix de Tómas était posée. Gunnar semblait de plus en plus nerveux.

– Bah… pourquoi l'aurait-il fait ?

Le silence de Tómas était pesant. Gunnar reprit, agacé :

– Évidemment qu'il ne m'a rien dit !

Tómas se leva d'un coup et Ari Thór lui emboîta le pas.

– Merci pour ces renseignements et désolé pour cette intrusion.

– Quoi ? Ah, oui, bien sûr. Désolé de ne pas pouvoir être plus utile.

– Plus tard peut-être.
– Oui, tout à fait.
– N'hésitez pas à nous faire signe si quelque chose vous revient, Gunnar.

Ils laissèrent le maire en robe de chambre au milieu de son salon.

– Allez, maintenant je te ramène, annonça Tómas quand ils montèrent dans la voiture.
– C'est gentil, merci.

Ari Thór n'arrivait plus à masquer la fatigue dans sa voix. Tómas se tourna vers son passager défait.

– Alors, le petit numéro de ton maire, tu en as pensé quoi ?

Ari Thór marqua un temps avant de répondre :

– Je ne l'ai jamais vu mentir de façon aussi claire. Il y a quelque chose qu'il ne nous dit pas, et j'ai l'impression que ça a plus qu'un lointain rapport avec l'agression d'Herjólfur.

10

Une fois les deux policiers partis, Gunnar s'assit et resta immobile un moment. Il s'était attendu à ce qu'on l'interroge à propos de ce coup de fil, mais pas aussi vite et pas aussi brutalement.

Cela faisait douze ans qu'il ne touchait plus à l'alcool mais il y avait parfois des occasions où il sentait qu'une petite goutte aurait pu lui faire du bien – juste de quoi se calmer les nerfs. Ce n'était pas la première fois qu'il était tenté, et ce n'était pas la pire situation qu'il ait eu à affronter pendant ces douze années. Il surmonterait son envie.

La solitude était devenue un fardeau plus qu'il n'osait se l'avouer. La journée, il travaillait et ça ne lui posait pas de problème, mais quand il rentrait chez lui le soir, la maison froide, vide, bien trop grande pour lui, était son unique compagnie. Son métier était prenant et il aimait s'impliquer dans la vie politique locale, manœuvrer les lobbies, évaluer les alliances possibles sur tel ou tel sujet. Son profil d'étranger, sans allégeances, était certainement un atout pour la municipalité. De la même façon, c'était habile d'avoir confié l'enquête à un étranger. Seul, Ari Thór n'aurait jamais osé débarquer dans sa maison à une heure si tardive pour lui lancer au visage des accusations à peine voilées.

Il se releva, ferma les rideaux. Comme un réflexe, après l'irruption de la police chez lui. Mais aussi pour se retrancher de la nuit, au dehors. Il ne pouvait toutefois pas échapper au bruit de la pluie. Quelle journée pourrie – à tous points de vue. Les basses pressions atmosphériques – causes de toute cette pluie – avaient aussi un effet négatif sur son moral. Gunnar le sentait profondément.

Il alluma sa machine à expresso. D'ordinaire, il évitait le café en soirée, mais quelque chose lui disait qu'il n'allait pas beaucoup dormir.

Il avait envie d'appeler sa femme. Pas pour lui raconter la visite des deux policiers, plutôt pour renouer le lien. Il n'était pas trop tard pour téléphoner en Norvège, mais leur relation était tellement tendue que les coups de fil sans raison particulière étaient loin derrière eux. Elle serait surprise de l'entendre, lui demanderait la véritable raison de son appel, et le silence s'établirait bientôt sur la ligne entre Siglufjördur et Oslo.

Il téléphona finalement à Elín. Il aurait aimé passer la voir mais était incapable de s'y résoudre. Une visite tardive risquait de provoquer toutes sortes de malentendus gênants. Inutile de nourrir les inévitables ragots qui circulaient sans doute déjà sur monsieur le maire et son adjointe.

Elle décrocha très vite. Elle faisait tout très vite. Elín était vive, intelligente, débrouillarde ; au travail, tout ce que Gunnar lui demandait était exécuté en un quart de tour.

– Je viens de recevoir la visite de deux policiers, lui annonça-t-il directement, sans s'encombrer de politesses.

– Des policiers ? Chez toi ?

– Oui.

– Mais… qu'est-ce qu'ils voulaient savoir ? demanda-t-elle, sur ses gardes.

– Pourquoi Herjólfur m'a appelé l'autre soir.

Gunnar essayait de ne pas laisser percer son inquiétude.

À l'autre bout du fil, le silence s'installa.

– Et tu leur as dit quoi ? reprit-elle.

– Ce qu'on avait convenu, évidemment.

– Ils t'ont cru ?

– Eh bien… je crois, oui. Oui, j'en suis sûr.

Le silence s'épaissit. Il connaissait les enjeux. Et il savait qu'il y avait fort peu de chances qu'ils en restent là avec lui.

C'est la première fois que personne ne monte la garde devant ma chambre.

Bien sûr, ils vérifient toujours que je ne cherche pas à me faire du mal. Par chance, ils me laissent tout de même une certaine liberté de mouvement. La porte est entrouverte ; j'ai pu me rendre aux toilettes et à la douche tout seul.

De toute façon, même sans surveillance, je n'aurais rien tenté. En ce moment, bien que je sois mort de peur – comme toujours –, je veux continuer à vivre.

J'ai l'impression que le pire est derrière moi. La preuve : on ne me surveille plus toute la journée comme un petit enfant.

La réunion de ce matin n'était pas si mal. Le personnel et les résidents tous sur un pied d'égalité – en apparence évidemment. Pas un médecin en vue. Ni aujourd'hui ni un autre jour. Ils semblent être une denrée rare dans ce service. Il y avait des infirmières, du personnel médical et quelques auxiliaires. Je ne sais pas qui fait quoi au juste. Personne ne porte d'uniforme spécial, mais on reconnaît les auxiliaires au trousseau de clés qu'ils tiennent en permanence à la main.

Je n'ai rien dit pendant la réunion. J'ai juste écouté. La discussion s'est surtout focalisée sur le programme de la journée. On est en plein été, du coup tout le monde voulait sortir dans le parc. Moi, on m'a expliqué que je devais rester à l'intérieur pendant quelques jours encore. Tout de même, ça m'aurait bien plu de sortir. Ici, il fait chaud, on étouffe. Pas un souffle d'air. Au bout du couloir, il y a un joli petit balcon. J'adorerais pouvoir y aller, respirer l'air frais et profiter un peu du soleil, mais la porte est verrouillée. Ce balcon, c'est mon mirage dans le désert.

La réunion a pris une tournure presque comique quand les résidents ont commencé à se plaindre les uns des autres. Il y en avait un qui voulait changer de chambre parce qu'il la partage avec un type colérique, presque violent ; les protestations du type en question ont tout de suite donné raison au premier. Leur discussion s'est poursuivie un petit moment sans déboucher sur une solution. Les auxiliaires n'avaient pas l'air spécialement désireux de résoudre le conflit, mais ce genre d'exercice sert à quelque chose : cela assainit l'atmosphère en permettant aux gens de formuler tous les reproches qu'ils ont accumulés, sans en venir aux mains. Les coups, c'est plus tard qu'ils arrivent.

11

Le sommeil d'Ari Thór fut agité cette nuit-là. À plusieurs reprises, il se réveilla en sursaut et, avec la pluie qui s'abattait lourdement sur le toit, il eut toutes les peines du monde à se rendormir. En temps normal, sa maison était confortable, chaleureuse, un vrai refuge ; cette fois, il la trouvait froide et menaçante.

La faute à la grippe autant qu'à l'agression d'Herjólfur. Au-delà du choc, l'idée d'avoir échappé de peu au pire… S'il n'avait pas été malade…

Ce n'était pas seulement cette histoire avec Herjólfur qui lui valait son insomnie. S'il était sincère, il n'avait noué aucun véritable lien avec son supérieur. Il espérait qu'il se remettrait, qu'il survivrait à cet acte inimaginable. Un policier ne devrait jamais perdre la vie dans des circonstances pareilles – qui que ce soit d'ailleurs. Et maintenant qu'il avait rencontré Helena et son fils, Ari Thór éprouvait une palette de sentiments de compassion complexes et nouveaux pour la famille de son collègue.

Le trajet en voiture avec Tómas s'était déroulé dans un silence étouffant. Le bruit de la pluie comme une prémonition de l'hiver imminent. Depuis son premier hiver à Siglufjördur, Ari Thór se sentait pris d'une légère claustrophobie à chaque tempête de neige. Et peu importe si, avec le nouveau tunnel, la ville ne courait plus le risque de se retrouver coupée du monde.

En arrivant à la maison, Ari Thór trouva Kristín déjà endormie. Il n'essaya pas de la réveiller.

Le lendemain, ils seraient debout tous les deux dès 6 heures : c'était l'horaire habituel auquel Stefnir aimait leur rappeler sa présence en pleurant. Au début, les bruits qu'il produisait étaient imperceptibles, laissant espérer qu'il pouvait se rendormir si on le laissait tranquille, puis il se réveillait pour de bon et exigeait qu'on s'occupe de lui. Comme Kristín et Ari Thór devaient partir travailler, une baby-sitter venait prendre le relais –, en l'occurrence une vieille voisine charmante, approuvée par Kristín. Ça n'était jamais facile de laisser son petit garçon avec une inconnue mais ils n'avaient pas le choix.

Kristín était encore plus distante ce matin. Ces dernières semaines, Ari Thór s'était résigné à cette attitude, non sans inquiétude. Mais cette fois, sous l'effet de la fatigue, il eut l'impression que le spectacle de la pluie incessante, du givre bordant la fenêtre et de la buée voilant le reste du carreau lui renvoyait l'image de son propre couple.

– Tout va bien, Kristín ?

– Bien sûr que oui, répondit-elle sans croiser son regard.

Il attendit qu'elle développe, lui lança un coup d'œil puis tourna la tête. Il se concentra sur son bol de céréales et enfouit cet échange au fond de ses pensées, comme il avait pris l'habitude de le faire.

*

Tómas passa le prendre puis fit route vers la vieille maison près du tunnel.

– J'ai contacté l'équipe scientifique, dit-il en se garant non loin de la voiture de patrouille d'Herjólfur. Ils n'ont encore rien trouvé qui puisse être lié à l'agression.

– Ça se tient, répondit Ari Thór. C'est encore trop tôt.

Il se sentait plus d'aplomb aujourd'hui. Si la fatigue persistait, la grippe, elle, commençait à battre en retraite.

Ils marchèrent vers la bâtisse en ruine.

– Ça fait bien longtemps que je ne suis plus venu ici, dit Tómas d'un air songeur.

Tout dans ce bâtiment évoquait la maison hantée. Elle devait avoir été imposante, jadis, mais après son abandon, elle s'était peu à peu transformée en une demeure délabrée, presque menaçante. Indépendamment de l'agression qui s'y était déroulée, Ari Thór avait l'impression qu'elle dégageait une aura délétère. Les gamins du coin devaient l'éviter, mais c'était la planque parfaite pour dealer. Le fait qu'elle se dresse si près de la falaise ajoutait au sentiment de danger qui émanait de ses façades branlantes.

– Je ne suis même pas sûr de pouvoir me rappeler à combien d'années ça remonte, reprit Tómas. J'ai eu affaire au pauvre bougre qui s'est installé là quand la maison était déjà à l'abandon.

– C'était quand ?

– Sauf erreur, dans les années quatre-vingt, je dirais. Après la mort du premier jumeau, son frère est resté sur place mais il n'occupait qu'une partie de la maison. Il l'a laissée se dégrader. Il est mort relativement jeune, et après, personne n'a voulu s'embêter à la retaper. Ça ne valait pas le coup. Pendant des décennies, après la crise du hareng, le prix de l'immobilier dans la région a chuté – tu sais ça, Ari Thór –, ça commence tout juste à changer. Mais de toute façon, ce n'est pas un endroit très recherché. Trop éloigné du centre-ville.

Ari Thór avait tout de même l'impression que, bien rénovée, c'est-à-dire au prix de lourds travaux, la maison aurait du potentiel comme location touristique. Le décor était splendide, à l'extrémité du fjord, avec un panorama imprenable quand le temps permettait d'en profiter.

Ils franchirent le seuil et se retrouvèrent dans un couloir glacé. Ari Thór avait quelque réticence à explorer l'endroit, mais il ne pouvait pas se permettre de se montrer faible. Ce n'était qu'une maison, après tout, même si elle avait abrité deux événements tragiques : la mort mystérieuse du jumeau et la tentative de meurtre d'un policier. Ari Thór pressa l'interrupteur du plafonnier : apparemment, il n'y avait plus d'électricité. Le contraire l'aurait étonné.

– Attends, Ari Thór…

Tómas sortit sa lampe de poche.

– Le salon est là, juste à gauche. La plupart des fenêtres ont été cassées il y a longtemps. À la mort du propriétaire, les gosses du coin s'amusaient à jeter des pierres. Si la maison est dans cet état, c'est autant à cause des êtres humains que de la nature.

Tómas passa le faisceau lumineux à travers la pièce. Ari Thór aperçut une table bancale, au plateau taché qui aurait eu besoin d'un coup de vernis, et quelques chaises défraîchies.

– Personne n'a récupéré les meubles à la mort du propriétaire ?

– Apparemment non. Je ne sais pas ce qui s'est passé, mais j'imagine que seuls les objets de valeur ont disparu.

– Le tireur devait se trouver à cet endroit-là, remarqua Ari Thór. Herjólfur était dehors, juste en face.

– Exact. Nos techniciens de scène de crime sont arrivés à la même conclusion. Ils n'ont trouvé aucun signe de tir de sommation ou ce genre de chose. On monte ?

Ari Thór suivit Tómas dans la cage d'escalier décrépie. Chaque pas arrachait un craquement aux marches, comme la glace d'une mare gelée prête à céder. Il avançait très prudemment – pas question de trébucher. Sa main agrippait la rambarde mais il la lâcha brusquement quand il sentit qu'elle se détachait du mur.

– C'est là qu'habitait le jumeau survivant, annonça Tómas en indiquant une petite pièce donnant sur le palier. Il s'appelait Börkur. Son frère, c'était Baldur.

Le faisceau de la lampe balaya un lit et une petite table de chevet.

– Et ici que dormait le poivrot la dernière fois que je suis venu. Ça n'avait pas l'air de lui faire peur.

– Pourquoi, il aurait dû avoir peur ?

– Oui. Baldur est mort, ou plutôt est tombé du balcon, juste là.

La lampe illumina une porte-fenêtre.

– On peut y aller ?

– Aucune idée. Essaie.

Les gonds geignirent mais la porte s'ouvrit. Ari Thór se faufila sur l'étroit balcon. Contemplant les premières lueurs du matin, il se mit à penser à Kristín. *Qu'est-ce que j'ai fait de mal ? Pourquoi elle est comme ça ?*

– Elle a quel âge, cette maison ? demanda-t-il à Tómas, resté à l'intérieur.

– Je ne suis pas sûr… Construite dans les années trente, je crois. Et c'était du solide. Le père des jumeaux était pêcheur et gagnait bien sa vie. Il est mort noyé. Les gosses ont été élevés par leur mère, qui ne s'est jamais remariée.

– Ça se voit au balcon.

– Quoi ? demanda Tómas en apparaissant dans l'embrasure.

– L'âge de la maison. De nos jours, on ne ferait plus des balustrades aussi basses. C'est un appel à l'accident domestique.

– Il est tombé de là.

Ari Thór n'avait aucune envie de suivre son exemple : il tourna les talons et ferma la porte rapidement.

– Ils sont tous morts ?

– Comment ça, tous ?

– Baldur, Börkur et leur ami. Tu m'as bien dit qu'ils étaient trois le jour où Baldur s'est tué ?

Ari Thór essaya de se représenter le genre de petite fête qui s'était tenue là un demi-siècle plus tôt. Il y parvenait difficilement.

– C'est vrai. Oui, ils sont morts tous les trois, répondit Tómas d'un air absent. Mais la sœur de leur ami, Jódis, vit toujours ici. Soixante-quatorze ans et toujours plutôt en forme.

Ari Thór éprouvait une curieuse sensation et l'envie irrépressible de quitter cette maison sinistre. Il était convaincu qu'elle renfermait un mystère à résoudre. Difficile de dire s'il avait un lien avec le drame de la nuit précédente. Et pourtant…

12

Helena et son fils s'étaient enfin décidés à faire le voyage à Reykjavik, accompagnés d'un policier. L'état d'Herjólfur restait critique : il était toujours en soins intensifs, maintenu dans un coma artificiel.

– On ira l'interroger avant qu'elle parte, avait suggéré Tómas.

À présent, ils attendaient devant la porte de la maison, où Tómas avait déjà sonné à deux reprises. Il frappa encore plusieurs coups avant qu'un « entrez ! » étouffé se fasse entendre.

Ils entrèrent sur la pointe des pieds. C'était la deuxième fois en deux jours qu'Ari Thór se retrouvait chez son supérieur et il montra à Tómas le chemin vers le salon. Helena était encore assise sur le canapé blanc, immaculé. En fond sonore, une musique qu'Ari Thór connaissait bien : une berceuse de Brahms.

Helena dut lire dans ses pensées. Elle leva les yeux vers lui, son visage figé par l'épuisement.

– C'était le morceau préféré d'Herjólfur.

Dans sa bouche, ce fait devenait vide de sens, les mots dépouillés de toute émotion.

– Je le ferai jouer à son enterrement.

Sa remarque prit Ari Thór au dépourvu. Elle semblait avoir perdu tout espoir.

– Ça vous dérange si nous nous asseyons un moment ? demanda poliment Tómas.

– Bien sûr que non. C'est vous qui nous emmenez à Reykjavik ?

– Non, ce n'est pas moi, articula-t-il lentement. Un autre policier va venir vous chercher d'ici une demi-heure. Nous voulions juste discuter avec vous avant votre départ.

Elle s'essaya à sourire et, pointant l'index vers Ari Thór :

– Ça me revient… Vous, je vous connais. Mais l'autre, là, c'est qui ?

– Je m'appelle Tómas. Je suis l'inspecteur auquel votre époux a succédé.

– Ah, oui. Tómas. C'est ça. Herjólfur m'a parlé de vous. Vous êtes revenu pour prendre sa place ?

– Pas du tout, non. Juste pour diriger l'enquête.

La berceuse s'interrompit. Quelques secondes plus tard, elle reprit depuis le début.

– C'est superbe. Mon mari aimait beaucoup la musique et la littérature.

Elle continuait à parler d'Herjólfur au passé.

– J'ai découvert que votre époux enquêtait sur une affaire liée à la maison où il a été… agressé, intervint prudemment Ari Thór. Vous êtes au courant de quelque chose ?

– Non. Non, je ne peux pas dire ça. On ne discutait pas beaucoup de ces sujets-là, avec Herjólfur. Il ne parlait pas de son travail.

Tómas enchaîna :

– Vous vous souvenez peut-être d'un détail qui pourrait nous donner un début de piste à propos de son agression ?

– Un début de piste, répéta-t-elle lentement, comme si elle tournait la formule dans son esprit. Je n'y ai pas réfléchi. De toute façon, on ne peut plus revenir en arrière. Quelle affreuse coïncidence, n'est-ce pas ?

Elle fixa un regard absent sur Ari Thór.

– Ça aurait aussi bien pu être vous…

Ari Thór réprima un frisson.

– Pardonnez-moi mais je peux vous poser une question ? reprit-elle avec déférence. Est-ce que je vais être dédommagée ? Toucher une rente suffisante pour subvenir à nos besoins ? Comment ça se passe, dans la police ? Je ne sais pas si je suis capable de trouver du travail, aujourd'hui…

Elle soupira.

– J'ai arrêté de travailler peu de temps après notre rencontre. Et je me suis cassé la jambe en tombant de cheval. Depuis, c'est Herjólfur qui rapportait de l'argent à la maison. Je ne sais pas si…

– Ne vous inquiétez pas, nous ne laissons pas tomber les nôtres.

La réponse de Tómas était encourageante. Helena parut aussitôt soulagée d'un poids.

– Et on peut aussi espérer une issue favorable, ajouta-t-il, sans grande conviction néanmoins.

– Il est pressé, le monsieur qui nous emmène à Reykjavik ? Parce que mon fils vient aussi et il est sorti faire des courses.

– Pas de problème.

– Eh bien, tant mieux, dit-elle avec un sourire forcé. Si ça se trouve, il est déjà rentré. Il habite l'appartement au sous-sol, alors il va et vient comme il veut. On ne le voit pas souvent. Il a une petite amie maintenant. Il peut quitter le nid familial du jour au lendemain…

Son faible sourire se teinta de tristesse.

– Votre mari est resté assez longtemps en congé avant votre installation ici, n'est-ce pas ?

Pour la première fois, Helena marqua un infime temps d'hésitation.

– J'étais malade. Je souffrais de dépression. Herjólfur a pris un congé pour s'occuper de moi.

Elle avait parlé lentement, comme si elle répugnait à évoquer cet épisode. Tómas parut gêné.

– Navré de l'apprendre. J'espère que vous en êtes sortie.

Il se leva. Elle lui adressa un sourire inexpressif. Ari Thór se demanda si elle s'était totalement remise, ou si le choc avait provoqué une rechute. Elle changea de position sur le canapé et grimaça en bougeant une jambe.

– Merci à vous d'être venus. Depuis hier, tout me semble tellement irréel… J'ai reçu très peu de coups de téléphone et personne n'est passé nous voir. Les gens ne veulent pas paraître indiscrets. En même temps, on ne connaît pas grand monde ici. Ça m'a fait plaisir de vous voir. Je m'excuse de ne pas pouvoir vous aider…

– Ne vous en faites pas, nous explorons toutes les pistes. Nous avons mis une équipe importante sur cette affaire, nos meilleurs hommes. Vous pouvez être certaine que nous allons trouver le coupable.

Il parlait avec assurance, sans laisser aucun doute sur son sérieux.

– J'aurais dû vous proposer un café… Je suis désolée, je manque à tous mes devoirs…

– Je vous en prie, ça ira, l'arrêta Tómas. J'espère que vous aurez de bonnes nouvelles en arrivant à Reykjavik.

Ari Thór ne partageait pas son optimisme. Pour lui, ce n'était qu'une question d'heures avant qu'ils aient officiellement à enquêter sur un crime. Il devait à la famille d'Herjólfur, d'une manière ou d'une autre, de mettre tous ses efforts dans la traque du meurtrier.

Pour parler franchement, cette journée a été plutôt pénible. Pas facile d'être enfermé ici par cette chaleur. Ce n'est pas tout à fait ainsi que j'avais imaginé passer l'été de mon année de liberté. J'avais prévu de voyager, de donner une direction à ma vie... Je commence à comprendre comment tout ça va se finir et mes choix sont plutôt restreints. Mais il n'y a pas de mal à rêver...

À propos de rêve : cette nuit, j'en ai fait un où j'apprenais à jouer du piano. Je n'ai plus touché un clavier depuis l'enfance. Je ne me rappelle pas si, dans mon rêve, j'entendais le morceau que je jouais. Sans doute pas mais peu importe, je sais lequel c'était. À mon réveil, il résonnait en moi et, apparemment, il s'y est bien installé. C'est une sensation agréable, d'avoir une musique en tête toute la journée. C'est une de mes préférées depuis longtemps, mais il ne faut pas abuser des bonnes choses.

Je n'ai encore reçu aucune visite. Maman n'a pas supporté que je sois ici, je le sais ; je ne m'attends donc à rien de sa part. Elle n'a pas toujours été forte. Pour Papa, ça a été on ne peut plus clair dès mon admission : il n'avait pas l'intention de venir me voir avant un bon moment. Il m'a prévenu que j'allais mettre du temps à me rétablir. Quand il a lancé un regard noir au médecin en lui demandant si c'était envisageable, le médecin a juste haussé les épaules et consulté la pendule, comme s'il n'avait plus de temps à me consacrer.

Hanna ne viendra pas, c'est une certitude. Je n'imagine pas qu'elle veuille me revoir un jour. Elle serait plutôt du genre à se réjouir d'apprendre que je suis enfermé dans un hôpital psychiatrique. Seigneur... enfermé dans un hôpital psychiatrique. C'est encore plus moche quand on le voit écrit. Mais c'est la vérité.

Mon seul réconfort, c'est de me dire que ma place n'est pas ici.

D'un autre côté, tous les malades pensent la même chose, pas vrai ?

Le dîner était assez insipide, mais on a échappé au pire quand on voit à quoi il ressemblait. À un moment, j'ai cru reconnaître du poisson dans ce ragoût peu engageant. Quel poisson ? Et quel degré de fraîcheur ? Impossible à dire.

Je devrais peut-être essayer de lire dans la journée. Quelques ouvrages sont mis à disposition mais je tiens absolument à ne pas me rendre la vie trop confortable ici. De toute façon, je serais surpris de trouver un titre qui me plaise. J'ai plutôt bon goût, un goût assez raffiné même, ce qui est évidemment inhabituel pour quelqu'un de mon âge. Thórbergur Thórdarson, Halldór Laxness, Ernest Hemingway, voilà ce que j'aime.

Je voulais faire des études de lettres mais je n'ai pas mon mot à dire à ce sujet. Ma voie est déjà toute tracée et j'ai peur de ce que l'avenir me réserve. Il faut que je perce par moi-même, si c'est la bonne expression. Je ne sais pas si j'en suis capable. Je sais encore moins si l'endroit est bien choisi pour ça.

Je suis fatigué, à présent. Je dois voir le Dr Helgi demain pour lui parler de mon moral défaillant. Peut-

être cela va-t-il s'améliorer. Ça fait du bien d'être optimiste.

Je vais ranger mon carnet dans sa cachette habituelle, sous le matelas. Personne ne l'a jamais vu. Il contient tous mes secrets.

13

Elín ne prenait plus la peine de frapper. Elle ouvrit la porte avec précaution et passa la tête dans l'entrebâillement.

Gunnar la remarqua tout de suite. Il ne laissa pas cette familiarité l'irriter, il se contrôlait. Même s'il aurait préféré qu'elle observe une distance plus professionnelle au travail.

– Comment ça va, Elín ? demanda-t-il, affable. Viens t'asseoir !

Elle ferma la porte derrière elle.

– Je venais juste voir comment tu te sens.

Elle s'assit face à lui sans le quitter des yeux. Il était installé à son bureau, son bureau de maire. C'était un meuble remarquable, pas du tout assorti au reste du mobilier, sans doute constitué de fins de série achetées dans les années quatre-vingt-dix et jamais remplacées depuis.

– Pas trop mal. Je m'occupe, répondit-il en évitant de croiser son regard.

En réalité, la visite des policiers accaparait toutes ses pensées. Mais il était hors de question de l'avouer.

Il bascula dans son fauteuil et posa les pieds sur le bureau, comme pour illustrer son parfait détachement.

Et se rappeler qu'au fond de lui, il était toujours un jeune rebelle. Bien qu'en costume-cravate.

– Arrête, tu ne trompes personne, murmura-t-elle.

– Justement. Je ne cherche à tromper personne.

Il respira un grand coup.

– Ils t'ont interrogée ?

– Non. Bien sûr que non. Et tu sais très bien que je ne leur dirai rien.

– Pardon. Je perds les pédales… C'est ce Tómas, là ! Tellement agressif… sans jamais dépasser les limites… On dirait qu'il pense vraiment que j'ai quelque chose à voir avec cet… incident.

Il laissa retomber ses pieds et se leva.

– Putain ! Je ne suis pas prêt pour ça !

Sa main ouverte s'abattit sur le bureau avec un bruit qui le surprit lui-même.

Elín se leva d'un bond et s'approcha de lui. Elle le prit par l'épaule, le fit s'asseoir.

– Calme-toi. Ça va aller.

– C'est la chance de ma vie, tu comprends ?

Sa voix tremblait, au bord de l'hystérie. L'espace d'un instant, il eut l'impression qu'il parlait à sa femme.

– C'est mon tremplin… Je n'aurais jamais obtenu ce poste sans quelques relations bien placées et un peu de chance. Je ne vais pas tout foutre en l'air.

Elle se plaça derrière lui et entreprit de lui masser les épaules.

– Ne te laisse pas affecter. La police panique. Un inspecteur assassiné – ou c'est tout comme –, un tueur en liberté…

Ses mains glissèrent sur sa nuque, la caressèrent doucement. Gunnar se demanda comment réagir. C'était agréable, trop agréable, mais il n'allait tout de même pas s'en plaindre. Pas tout de suite, en tout cas. Il ne faisait rien de mal, assis dans son fauteuil. On ne pouvait pas lui reprocher son manque de professionnalisme.

Elín continuait à parler tout en le massant.

– Nous sommes attendus à une réunion avec le conseil d'administration portuaire tout à l'heure mais je peux repousser, le temps que tu te reposes. De toute façon, j'ai rendez-vous avec des gens dans la vallée pour discuter de changements de planning dans l'aménagement des pistes de ski. Ça pourrait bien durer toute la journée.

Soudain, ce que Gunnar avait redouté mais aussi espéré se produisit : elle déposa un baiser sur son cou. Il attendit un instant, laissa la joie infuser en lui, puis se retourna.

– Écoute, Elín, on ne doit pas… aller trop loin.

Il se sentait maladroit. Ses pensées le ramenèrent brusquement à son épouse, en Norvège.

– Tu as raison, je suis désolée.

Elle retira ses mains, répéta :

– Désolée…

Elle n'en avait pas du tout l'air.

14

Quand Kristín put enfin prendre sa pause, elle vit que sa mère avait tenté de la joindre à cinq reprises.

Trois coups de fil avant le déjeuner, ça restait normal. Sa mère manquait parfois de patience quand elle avait vraiment besoin de lui parler. Mais cinq appels en absence… Kristín n'avait pas d'autre choix que de lui téléphoner tout de suite, même s'il n'y avait sans doute aucun problème particulier. Sa mère adorait être au centre de toutes sortes de psychodrames. Leurs natures étaient en cela rigoureusement opposées. Kristín tenait de son père un tempérament pragmatique, pondéré et calme.

Cinq appels, aucune idée de leur objet : c'était sa mère tout craché. Un SMS ou un message vocal ne suffisaient pas à traduire toute la complexité des sujets qui la préoccupaient. Le dialogue direct était sa forme de communication préférée. Kristín rassembla ses forces en prévision de l'excitation inévitable qui n'allait pas tarder à résonner à l'autre bout du fil.

– Kristín ! s'écria sa mère en décrochant dès la première sonnerie.

Le cri à pleins poumons remplaçait chez elle le simple « allô ».

– Salut Maman, répondit sa fille, déjà accablée.

– Quoi de neuf, ma chérie ?

Elle était épuisée. Elle ne fermait pas l'œil de la nuit, autant à cause des réveils intempestifs de son petit garçon que de ses angoisses relatives à Ari Thór. Elle n'avait toujours pas pris de décision mais elle n'avait aucune envie d'en débattre avec sa mère.

– Tout va bien, Maman. Tout va bien.

– Bien sûr que oui ! Est-ce que Stefnir est avec toi ? C'est lui que j'entends ?

– Non, Maman. Ce sont les annonces dans les haut-parleurs de l'hôpital. Aujourd'hui, Stefnir est avec la baby-sitter.

Kristín soupira. Encore un coup de fil pour ne rien dire.

– Ah, tu travailles ? Attention au surmenage, ma puce.

Elle semblait sincèrement se faire du souci.

– Je reprends tout juste, mais ça se passe bien. Et puis, on doit tous travailler, pas vrai ?

– Évidemment… Et sinon, ça va bien avec Ari Thór ?

– Oui, Maman. On va très bien.

– Ah !

Une note de plaisir dans sa voix.

– Vous êtes si mignons, tous les deux. Vous êtes vraiment faits l'un pour l'autre… Tout à fait l'homme qu'il te faut, ma chérie. J'ai hâte de vous voir devant l'autel ! Tu ne dois pas laisser passer cette perle…

Et maintenant, son rire poli.

– Cet enfant a beaucoup de chance d'avoir des parents de confiance et une famille unie. Comme toi tu l'as eu. Ça fait vraiment la différence, pour un enfant, que ses parents soient heureux.

Kristín avait l'impression que sa mère transperçait son cœur.

– Eh bien, Maman…

Il lui fallait à tout prix changer de sujet. Elle jeta un coup d'œil à la pendule dans son bureau : si ça continuait, elle risquait de passer toute sa pause au téléphone…

– Ah, ma chérie ! Ça me fait toujours du bien d'entendre ta voix…

– Et de ton côté, Maman ? Quelles sont les nouvelles ? J'ai vu que tu avais essayé de me joindre plusieurs fois ce matin.

– En effet. Je voulais t'annoncer qu'on rentre à la maison plus tôt que prévu.

La joie était perceptible dans chaque mot.

– Vous revenez vivre en Islande ?

– Oui ! On a déjà réservé notre avion, on arrive dans quinze jours. J'ai donné ma démission à l'agence et ton père a convaincu ses chefs de le laisser travailler à l'ouverture de la filiale islandaise sur place plutôt que depuis la Norvège.

Après s'être retrouvé au chômage à la suite du krach financier, le père de Kristín avait été embauché comme consultant dans l'industrie de la pêche en Norvège. L'entreprise était en plein essor. Il n'y avait pas si longtemps de cela, c'était l'Islande qui avait connu un développement météorique à l'étranger, puis la situation avait changé de façon radicale. La mère de Kristín, elle, travaillait comme architecte et n'avait eu aucun mal à se faire engager par une agence norvégienne.

– Je croyais que vous n'arriviez pas avant l'été ?

– On est trop impatients de vous revoir et, naturellement, de passer plus de temps avec notre petit prince.

Un bref silence s'ensuivit.

– Ah, et on a entendu les infos à la radio…

Kristín savait que, depuis leur exil, ses parents se tenaient très informés de tout ce qui se passait en Islande. La veille, avant que la presse ne sorte, elle leur avait téléphoné pour les rassurer – le policier blessé n'était pas leur gendre.

– Ce drame est couvert non-stop par les médias, c'en est terrifiant. C'est tellement inimaginable, Kristín : tirer sur un officier de police ! En Islande ! Ils disent que ça n'était jamais arrivé… Je crois bien que c'est vrai. Comment imaginer une chose pareille ! J'ai toujours considéré l'Islande comme le lieu le plus sûr du monde… Enfin, c'est l'occasion d'une bonne prise de conscience. Ça fait mal d'être loin quand des choses terribles se passent chez soi. Ça doit être très dur pour Ari Thór en ce moment…

– Oui, bien sûr.

– En tout cas, voilà, je voulais te prévenir. On est tellement excités de rentrer à la maison !

– Nous aussi, Maman.

Ses parents lui manquaient, mais l'annonce de leur retour imminent lui nouait l'estomac. Tout n'était pas aussi rose que sa mère voulait bien le croire…

Bon sang, qui est le génie qui a eu l'idée de mettre de l'orange vif partout dans un hôpital psychiatrique ? Il pensait peut-être que les pensionnaires en raffoleraient ? Mon matelas est orange, ma chaise est orange. Et pour parfaire ce camaïeu digne de l'enfer, ma porte est marron foncé ! Comment se sentir bien ici ? Je n'ai aucune envie de me mêler aux gens de l'autre côté de la porte.

Je suis d'une humeur horrible aujourd'hui. J'ai appelé l'infirmière et je lui ai demandé quand je pourrais avoir un rendez-vous avec le Dr Helgi.

« Pas maintenant », m'a-t-elle répondu. « Pas cette semaine. » Laconique, glaciale. Elle ne m'aime pas. Elle m'annonce que je ne pourrai pas voir mon médecin de la semaine comme si elle commentait le temps qu'il fait... Dans ces conditions, comment mon état peut-il s'améliorer ? Je dois le voir à tout prix.

Je lui ai demandé : « Pourquoi c'est pas possible ? »

J'étais furieux. J'ai dû paraître plus énervé que d'habitude.

Elle a reculé d'un pas. A-t-elle eu peur de moi ? Ai-je été trop brusque ?

« Il ne veut pas vous voir tout de suite », m'a-t-elle répondu. « Vous avez encore besoin de temps et il est très occupé. Mais je lui ai parlé de vous. »

Et elle m'a laissé, pas plus avancé mais bien plus perturbé.

15

Ari Thór était resté seul au poste après une longue conversation avec Tómas juste devant le tableau blanc.

C'était une des nouvelles habitudes prises par son ancien chef, depuis sa promotion. Il était plus attaché à la forme, mieux organisé, et se servait du tableau blanc du bureau pour noter les différentes pistes suivies par l'enquête. Jusqu'à présent, ce tableau était pour ainsi dire resté vierge.

Aucune nouvelle information décisive n'étant tombée, la réunion ne s'imposait pas vraiment, mais Ari Thór n'avait pas protesté. Le seul développement notable concernait le propriétaire du portable qui avait servi à appeler Herjólfur peu avant son agression : il n'avait pas pu être identifié. Son numéro n'était pas répertorié et la carte SIM avait apparemment été retirée de l'appareil pour empêcher tout traçage. L'appel avait transité par une antenne-relais située à Siglufjördur mais une localisation plus précise était impossible. Aucun autre appel n'avait été émis de ce numéro, ni avant ni après.

– J'ai aussi demandé une liste des appels reçus et passés chez ton maire. On ne devrait pas tarder à la recevoir.

– Tu crois vraiment que…

Tómas l'interrompit sèchement :

– On enquête sur une tentative de meurtre d'un policier, Ari Thór. On ne doit négliger aucune hypothèse.

Il annonça ensuite qu'il allait retourner voir Addi Gunna.

– Toi, tu restes ici et tu fais tourner la maison.

Façon discrète mais efficace de lui faire comprendre qu'il aurait plus de chance de soutirer des informations à son cousin s'il y allait seul.

Ari Thór pensa à Kristín. Elle l'avait appelé pour lui annoncer une nouvelle inattendue : ses parents revenaient vivre en Islande plus tôt que prévu. Ça n'était pas pour lui déplaire. Non seulement il les appréciait beaucoup, mais il aimait l'idée de faire partie d'une famille. La relation qu'il entretenait avec eux ne ressemblait en rien au souvenir qu'il avait de sa propre éducation. Et puis, ils pourraient sans doute leur donner un coup de main, s'occuper un peu de Stefnir. Peut-être qu'ils allaient enfin s'offrir un restaurant avec Kristín ou une sortie au cinéma ? Le comportement étrange de la jeune femme était sans doute lié à la pression qu'elle subissait en permanence… Ari Thór soupira et se massa les tempes avec les pouces. Quelque chose ne tournait pas rond et il ne savait pas s'il avait la force de s'y confronter.

Des coups frappés à la fenêtre le firent sursauter. Il reconnut le visage derrière la vitre : celui d'un professeur d'histoire du lycée municipal. Il ne lui avait jamais parlé mais il connaissait beaucoup d'habitants de vue. Dans une communauté aussi réduite que celle de Siglufjördur, le contraire eût été étonnant.

Le professeur lui montra la porte. Ari Thór hocha la tête et se leva pour aller lui ouvrir.

– Bonjour, dit-il à l'homme qui venait d'entrer, essayant de toutes ses forces de se rappeler son nom.

– Bonjour.

Il tendit la main à Ari Thór.

– Ingólfur.

– Oui, je sais, répondit-il d'un ton cordial. Vous êtes prof au lycée, c'est ça ?

– En effet.

Il marqua un temps d'hésitation, comme s'il aurait préféré se trouver n'importe où plutôt que devant un policier.

– J'enseigne l'histoire…

Ari Thór attendit qu'il en vienne au but, mais l'homme marmonnait, semblait chercher ses mots.

– Voilà… eh bien, je crois…

Ari Thór sentait son impatience grandir.

– … je crois que l'arme qui a tiré sur Herjólfur m'appartient.

16

Ingólfur enfouit son visage dans ses mains. Ses épaules s'affaissèrent. À l'évidence, il était désespéré. C'était un homme étonnamment grand, à la carrure puissante, avec un ventre bien rembourré. Un ancien baraqué qui s'était laissé aller.

Le silence fut bref mais douloureux.

– Asseyez-vous, je vous en prie.

L'homme leva la tête vers Ari Thór en murmurant :

– Quoi ? Ah oui.

De prime abord, il ne donnait pas l'impression de pouvoir tenir une classe de jeunes gens agités, mais c'était peut-être le fait de se retrouver dans un poste de police qui le mettait mal à l'aise.

Ari Thór aurait dû l'emmener dans la petite salle de réunion qui servait parfois de salle d'interrogatoire mais Ingólfur l'avait pris au mot et s'était déjà installé sur la chaise la plus proche, devant le vieux bureau de Hlynur. Quelque chose en lui rappelait d'ailleurs Hlynur, quelques semaines avant qu'il mette fin à ses jours – un certain rapport au silence, une combinaison inquiétante d'hésitation, de crainte et de retrait.

– Bon…

De nouveau, les mots lui échappaient. Ari Thór attendait, compréhensif, conscient qu'il avait fallu du courage à Ingólfur pour pousser la porte du poste.

L'homme soupira bruyamment.

– Écoutez, je suis désolé d'avoir tardé à venir. Quelqu'un m'a emprunté mon fusil. C'est l'impression que j'ai, en tout cas. Et je pense que cette personne s'en est servi pour…

Il avait parlé très vite, sans prendre le temps de respirer.

– Qu'est-ce qui vous fait croire qu'on vous a emprunté votre arme ? demanda Ari Thór en sortant un dictaphone du tiroir de son bureau pour enregistrer la conversation.

– Je m'en suis rendu compte hier. Le fusil avait disparu.

– Hier, c'est bien ça ?

Devant l'agitation de son visiteur, il prenait soin de parler lentement, en pesant bien chaque mot.

– Oui, tout à fait.

– Dans ce cas, pourquoi ne pas être venu hier ?

– Eh bien, vous comprenez…

Il marqua une pause.

– Je sais que j'aurais dû venir mais je voulais en avoir le cœur net. Être sûr de moi avant de risquer de m'attirer des ennuis. Vérifier que ce n'était pas mon gosse qui l'avait pris. Il m'a juré que non.

Une expression paniquée passa sur le visage d'Ingólfur.

– Oh, comprenez-moi bien ! Mon fils ne s'intéresse pas aux armes et… c'est de ma faute : je range mon fusil dans mon garage et il n'est jamais fermé à clé.

Il baissa la tête un moment. Quand il la releva, il regarda Ari Thór droit dans les yeux.

– Je ne pouvais pas me taire plus longtemps. Surtout si le pauvre homme a effectivement été abattu avec mon fusil.

– Nous verrons plus tard cette histoire de garage. Pour le moment, vous me confirmez que votre fils a bien nié avoir pris le fusil ?

– Exact.

– Et vous l'avez cru ?

– Quoi ? Oui. Oui, bien sûr que je l'ai cru !

– Et vous ? Je présume que vous n'avez rien à voir avec cette agression…

Ari Thór avait lâché cette remarque en passant, mais Ingólfur la prit au pied de la lettre.

– Comment ? Mais non, voyons ! Je ne connais même pas cet homme ! Vous pensez que c'est moi qui ai fait le coup, que j'ai essayé de le tuer ?

– Je n'ai pas dit ça. Qui d'autre vit avec vous ? Vous habitez une maison individuelle ?

– Oui. Avec ma femme et notre fils. Il termine le lycée au printemps. Je l'ai dans mon cours, il se débrouille…

La direction prise par l'interrogatoire semblait le dérouter.

– Pour revenir au fusil, vous pouvez ne pas en parler aux journaux ?

– On n'a pas pour habitude de tenir la presse au courant de l'évolution de nos enquêtes.

– Non, je veux dire, vous pouvez ne pas donner mon nom ? Je pense à mon gosse… Il risque de devenir le bouc émissaire des autres élèves…

Soit il était bon comédien, soit il était sincèrement catastrophé.

– Beaucoup de personnes savaient que vous aviez un fusil dans votre garage ?

– Eh bien, non.

– C'est un garage attenant à la maison ? Est-ce que vous avez vu des gens qui semblaient s'y intéresser récemment ?

– Le garage est séparé de la maison, et non, je n'ai rien remarqué. Ce ne serait pas difficile d'y entrer, notez bien, mais personne ne fait ça à Siglufjördur. Les gens vous laissent tranquille, par ici.

– La plupart du temps, oui.

Car, de toute évidence, les temps changeaient. L'endroit n'était plus aussi paisible qu'auparavant. Lorsque Ari Thór s'y était installé, Tómas l'avait prévenu : il ne se passait jamais rien à Siglufjördur. Avec le nouveau tunnel avaient débarqué plus de voitures, plus de visiteurs. Par certains côtés, c'était un progrès, mais cette nouvelle fréquentation n'apportait pas qu'un coup d'accélérateur à l'industrie touristique.

– Vous m'avez demandé quoi d'autre, déjà ?

– Qui savait que vous aviez un fusil ?

– Oh, ça n'avait rien de secret. Des tas de gens, je suppose. Je suis membre d'un club de chasseurs, donc tous les gars sont au courant. Mais personne n'aurait fait un truc pareil – je veux dire, tirer sur un policier.

Ari Thór lui donna un papier et un stylo pour qu'il y note les noms des autres membres. Ingólfur lui rendit une liste de cinq noms.

– Et les munitions ? Elles étaient aussi dans le garage ?

Ingólfur hésita, regarda ses pieds.

– Hum… je crois, oui. Elles n'y sont pas toujours, mais cette fois, j'avais dû les ranger là.

– Il en manque ?

– Difficile à dire. Je ne sais pas combien il y en avait, avant.

Ari Thór hocha la tête et se tut, espérant qu'Ingólfur ajouterait quelque chose. Puis, singeant le ton autoritaire de Tómas :

– Pas un mot là-dessus pour le moment, compris ?

– Euh, d'accord. Entendu.

– Je vais demander à mon collègue et à l'équipe de la police scientifique de passer vous voir.

– Ce n'est pas illégal d'avoir une arme et des munitions dans un garage pas fermé à clé, pas vrai ? demanda Ingólfur qui semblait presque regretter d'être venu parler à la police. On ne peut pas dire que la porte du garage était verrouillée et qu'un intrus est entré par effraction ?

– Hors de question.

Si c'était bien ce fusil qui avait servi à tirer sur Herjólfur, Ingólfur avait-il choisi de passer aux aveux pour étouffer les soupçons ? En endossant le rôle du citoyen choqué et paniqué ?

L'espace d'un instant, Ari Thór se dit qu'il était peut-être en train de discuter avec le tueur.

Les nuits, surtout, sont difficiles. Parfois j'arrive à dormir, mais en général, je reste allongé à écouter le « silence ». Sauf qu'il n'y a jamais de vrai silence ici, juste différents niveaux de volume sonore. D'abord, il y a ce vrombissement continu. Je ne sais pas d'où ça vient : les lumières, les radiateurs, les câbles qui traversent les murs de cet hôpital labyrinthique ? Tout ce que je sais, c'est qu'il a de quoi rendre fou. Le silence est fait d'autres bruits, aussi : les allées et venues des gens, des chuchotements... et puis, de l'autre côté des vitres, la circulation, des klaxons ici et là, la vie des gens normaux, libres de faire ce qu'ils veulent.

Désormais, le soir, la porte de ma chambre peut rester fermée. Apparemment, je ne représente plus un danger pour moi-même. Je me sens un peu seul, sans ma sentinelle postée à l'entrée. Est-ce qu'on peut regretter de ne plus être sous surveillance ? De ne plus avoir d'employé d'hôpital assis là, à épier tous vos faits et gestes ?

J'essaie de me rappeler que si je suis ici en ce moment, c'est de mon propre gré. La liberté est une chose merveilleuse, même si la responsabilité qui l'accompagne peut sembler un fardeau pénible. Il faut prendre tant de décisions, à commencer par la direction qu'on souhaite donner à sa vie... Je ne sais pas encore où la mienne me mènera, encore moins comment je suis censé me comporter en présence d'autres gens. C'est peut-être de là que provient mon anxiété. Et cette maladroite tentative de suicide. J'aime écrire ces mots : tentative de suicide. Un homme doit assumer ses actes. C'est ce qu'on m'a appris, et c'est de cette façon que je préfère vivre. Papa prêchait ce grand principe, même s'il ne le respectait pas toujours.

Cet endroit sent le renfermé et l'air s'y fait rare, surtout la nuit. Une odeur singulière imprègne tout, des relents d'hôpital difficiles à décrire. Essayons : c'est légèrement aigre, désagréable... ça sent le désespoir, vraiment, et les médicaments qui le provoquent.

La musique me revient de temps en temps, cette mélodie. Ma tête n'est jamais au repos, les pensées s'y entrechoquent, les soucis, la tension, la culpabilité se bousculent. Il n'y a plus beaucoup de place pour la joie.

Je pense souvent à Hanna. À tout ce qui n'a pas marché entre nous. Ou plutôt, à ce qui n'a pas marché avec moi. Tout avait si bien commencé, j'étais persuadé qu'elle m'aimait. Je me rappelle notre première rencontre à l'école. Nous avions le même âge mais elle était tellement plus mûre que moi... Et je repense à la dernière fois que je l'ai vue. Avec ses yeux remplis de haine. J'ai tout de suite compris qu'elle ne me rendrait pas visite à l'hôpital. Si je la revois un jour, ce sera pur hasard et je ne pourrai rien faire d'autre que baisser la tête, honteux, et tenter de garder le sourire. Je suis désolé. Je n'ai pas pu m'en empêcher. Ma colère a pris le dessus. Elle, elle détournera le regard et changera de trottoir pour ne pas me croiser.

Je n'ai pas pu m'en empêcher.

Ma colère a pris le dessus.

Est-ce vraiment ainsi que les choses se sont passées ?

Je cherche la réponse à cette question.

Et la réponse me terrifie.

17

Et si c'était le geste de trop ? Et si j'étais allée trop loin ?

Elín ressassait ces questions en boucle sur la route menant au refuge, là-haut dans la vallée. Son métier était toute sa fierté et elle s'en voulait de s'être mise dans cette situation. Elle allait avoir le plus grand mal à se concentrer pendant sa réunion avec les responsables du domaine skiable. Elle se consacrait sans compter à son travail et elle était brillante, mais elle ne se leurrait pas : si elle avait décroché ce poste, c'était grâce à Gunnar. Et elle lui en était reconnaissante. Il l'avait engagée sans même lancer de vrai recrutement, malgré son expérience lacunaire et son cursus universitaire inachevé.

Bien sûr qu'elle avait franchi la ligne rouge. Elle avait beau retourner la situation dans tous les sens, Gunnar était un homme marié – du moins officiellement –, un ami de longue date qu'elle respectait, un collègue et, cerise sur le gâteau, son patron. Et pourtant, elle s'était autorisé le geste de trop.

Mais la fin justifiait les moyens, et elle était déterminée à tenter sa chance. À voler Gunnar à son épouse. Selon toute évidence, leur mariage touchait à sa fin, même si ni lui ni sa femme n'étaient encore prêts à l'admettre. Elín était la mieux placée pour voir la vérité.

Elle était attirée par Gunnar depuis le premier jour mais n'avait jamais pensé avoir la moindre chance. Jusqu'à aujourd'hui. Le couple commençait à se fissurer, sa femme vivait loin de lui alors qu'Elín et Gunnar étaient là, ensemble, partageant le même exil dans cette petite ville nichée à l'ombre des gigantesques montagnes du nord de l'Islande. Elín n'aurait pu rêver conjonction plus favorable.

Elle leva la tête vers les cimes presque toutes couvertes de neige – mais l'ouverture des pistes devrait attendre encore un peu. Les montagnes encerclant Siglufjördur paraissaient toujours blanches, même au plus fort de l'été, quand les restes de neige hivernale s'accrochaient encore aux sommets. On lui avait expliqué que bientôt, vers la mi-novembre, le soleil disparaîtrait derrière leurs versants pour ne revenir qu'à la fin janvier. Alors, les habitants de Siglufjördur saluaient son retour en buvant du café accompagné de crêpes. Elle trouvait étrange d'être confrontée à une obscurité complète pendant vingt-quatre heures. Dans le sud du pays, le soleil d'hiver n'était certes ni très intense ni très haut, mais elle avait du mal à imaginer la vie dans un endroit où il s'éclipsait complètement. Elle trouvait cela bizarre, irréel, presque menaçant. Mais les gens d'ici s'en accommodaient sans peine.

Ses pensées revinrent à Gunnar. Elle se sentait contrariée. À mesure que leur amitié grandissait, elle avait toujours eu l'intention d'en faire autre chose. Avait-elle été trop pressée ? Elle ne voulait pas laisser cette occasion filer entre ses doigts. Pour toutes sortes de raisons, Gunnar était vulnérable en ce moment, et notamment parce qu'il se retrouvait au centre d'une enquête de police, sans aucun soutien, loin de sa famille. Il aurait besoin de s'appuyer sur quelqu'un. Il était tout à fait naturel qu'elle soit là pour lui. Après tout, c'était une amie de la famille depuis des années, et elle connaissait bien l'épouse de Gunnar. Un soupçon poli existait entre elles, et si Gunnar se mettait en couple avec Elín, il fallait s'attendre à une belle salve de venin en provenance de Norvège. Bah, les hurlements furieux se perdraient sans doute quelque part en mer… Elín dressa le menton, déterminée. Gunnar ne lui échapperait pas. Un bel homme, de confiance, ambitieux, avec des principes. Et puis, c'était le maire. Ils s'entendaient si bien tous les deux, et l'éventualité d'une liaison avait toujours plané sur eux, à portée de main…

Elle méritait un vrai compagnon. Elle avait attendu assez longtemps de tomber vraiment amoureuse. Par le passé, elle avait toujours été embarquée dans des histoires douloureuses – avec des hommes difficiles, dangereux, voire tout simplement cruels. Elle avait aimé Gunnar de loin, et elle savait qu'il la traiterait bien. Sa proposition de travailler avec lui avait surgi à l'improviste mais au moment idéal : elle vivait dans un appartement sinistre à Kópavogur, avec un homme qu'elle ne supportait plus et qu'elle n'osait pas quitter.

Ils s'étaient rencontrés dans une boîte de nuit en ville, où elle avait retrouvé d'anciens camarades de lycée. Lui-même ne faisait pas partie de leur promotion mais il s'était incrusté et avait sympathisé avec Elín et ses amies. Il était attirant, même s'il dégageait aussi quelque chose d'inquiétant. Si elle était sincère, elle devait bien s'avouer que c'était justement le pressentiment du danger qui lui avait plu. Il l'avait invitée à finir la nuit chez lui. La violence ne fit pas son apparition tout de suite, seulement après qu'elle eut emménagé dans son appartement. Le temps qu'il gagne sa confiance, la prenne dans son filet et fasse naître en elle des sentiments forts – un peu plus que de l'affection, pas tout à fait de l'amour. Quand ils commencèrent à se disputer, il utilisait toujours un argument imparable : ses poings. Ensuite, il se répandait en excuses. Bien sûr, elle aurait dû partir dès la première fois, mais elle tombait toujours dans le même piège : irrésistiblement attirée par ce genre d'homme puis luttant pour les quitter.

Valberg n'avait pourtant pas le profil de l'homme violent. Il avait un bon job dans une petite agence de pub où il était très apprécié. Joyeux, positif, il était entouré d'amis. Mais cet éclat qu'elle avait perçu dans son regard le premier soir, ce signe indéfinissable mais reconnaissable entre mille du danger qui lui plaisait tant s'était transformé en présage du pire. Le panache de fumée d'un feu qui faisait rage en lui.

Elle en était arrivée au point où elle n'osait pas s'enfuir. À la violence croissante s'ajoutaient les menaces et une jalousie maladive. *Si tu fous le camp, je te tue !* Elle était convaincue qu'il tiendrait parole. Elle aurait dû partir, foncer au poste de police le plus proche. Mais ça n'était pas si simple. Où aller, ensuite ? Elle ne faisait pas confiance à la police pour la protéger et une plainte pour comportement agressif risquait de ne pas être assez dissuasive. D'autant qu'il prenait bien soin de ne laisser aucune trace : pas de menace écrite, pas de SMS vindicatif. Il était redoutablement intelligent.

Elle n'avait plus de nouvelles de Gunnar depuis longtemps quand il lui avait téléphoné pour lui proposer un emploi. Elle avait hésité un instant avant de comprendre que c'était sa seule issue. Elle allait pouvoir quitter Valberg, quitter cet endroit à l'autre bout du monde. Sans y être jamais allée, elle avait entendu parler de

Siglufjördur et elle savait que c'était un lieu hors des sentiers battus – dans tous les sens du terme. Elle avait fui alors que Valberg était à son agence. Elle n'avait même pas songé à lui dire adieu. Elle avait changé de numéro de portable, s'était assurée de garder une adresse principale à Reykjavik pour qu'il ne puisse pas remonter sa trace. Elle avait même changé officieusement de nom : Elín Einarsdóttir était devenue Elín Reyndal, maire adjointe. Ainsi, elle était sûre que Valberg ne la retrouverait jamais. Reyndal était un vieux nom du côté de la famille de sa mère que plus personne n'utilisait.

Elle était bien consciente que ça ne pouvait être qu'une solution provisoire.

Presque chaque nuit, elle se réveillait en sueur après un cauchemar affreusement réaliste dans lequel soit Valberg débarquait à Siglufjördur, soit elle habitait toujours Kópavogur, victime de ses accès de violence, de sa furie, de ses menaces. Elle fuyait ses rêves et se réfugiait dans sa nouvelle vie mais tous les matins, au réveil, elle éprouvait une profonde nausée et une peur insondable : ce n'était qu'une question de temps avant qu'il réapparaisse. Bien sûr, peu à peu s'affaiblirait l'emprise qu'il avait sur elle, s'émousserait son obsession de la retrouver pour mettre ses menaces à exécution. Pourtant, la peur ne la quittait pas. Elle n'avait aucune envie de passer le restant de ses jours à fuir, et ses secrets enfouis nuisaient à sa concentration, à sa capacité de travail. Trop souvent elle avait cru apercevoir Valberg, une expérience éprouvante même si ce n'était qu'un mirage, le produit de son imagination apeurée.

Elle s'était confiée à Gunnar, sans lui livrer la totalité de l'histoire. Elle l'avait atténuée, et minimisé sa peur. Il avait compris qu'elle se cachait et faisait de son mieux pour l'aider. Leur longue amitié les autorisait à partager certaines confidences.

– Pourquoi tu ne m'as rien dit avant ? Tu aurais dû m'appeler ! lui avait-il reproché.

Elle ne s'était pas cherché d'excuses. Ce n'était pas son style et, de toute façon, elle n'avait pas à le faire. Ils étaient amis, rien de plus.

– Tu crois que ça peut marcher, à Siglufjördur ? lui avait-elle demandé. J'aimerais bien venir, le poste a l'air intéressant.

De fait, tout s'était bien passé. Jusqu'à ce que les policiers viennent frapper à la porte de Gunnar et l'interrogent sur l'agression de l'inspecteur. Ou plutôt : jusqu'à ce coup de fil d'Herjólfur à Gunnar, la veille du crime. C'est cet appel qui avait provoqué la réaction en chaîne.

J'ai eu droit à une brève entrevue avec le Dr Helgi aujourd'hui. Mieux vaut tard que jamais.

Il n'avait pas grand-chose à me dire. Il semblait se souvenir de moi, c'est déjà ça. Je suis un des résidents les plus jeunes du service et je passe plutôt inaperçu, à rester seul dans mon coin, mais mon père, lui, n'est pas de ces hommes qu'on oublie. Il possède une autorité naturelle. Il est déterminé, arrogant, et obtient toujours ce qu'il veut. Personne ne souhaite le contrarier.

Je tiens de lui ma carrure et ma force physique. Malheureusement.

Le médecin m'a prescrit des médicaments et je l'ai remercié, même s'il ne m'a pas laissé le choix. J'ai attendu qu'il me propose de m'asseoir pour qu'on puisse parler du passé et de l'avenir, des raisons de ma présence ici et de la meilleure façon de me remettre sur pied.

Mais la discussion n'a pas eu lieu. Il m'a fait comprendre que je devais partir, d'abord d'un coup d'œil puis, comme je ne bougeais pas, d'un geste de la main. Fin de l'entrevue.

J'ai tout de suite commencé à prendre mon traitement. Il fera effet d'ici à deux semaines. Alors Papa pourra se rendre compte des progrès que j'ai accomplis. Quand je quitterai cet endroit, je serai un homme meilleur et je ferai la promesse de ne plus jamais recommencer. Comme le font les petits enfants. Un petit enfant...

18

– Magnifique, non ? demanda Tómas en montrant le cirque des montagnes aux cimes enneigées tandis qu'ils approchaient du refuge du côté continental de la ville. Ils roulaient à travers les collines, dans la vallée, le paysage recouvert d'une neige éparse, comme en préliminaire des fêtes de Noël. Ari Thór sourit.

– Siglufjördur te manque déjà ?

– Déjà ? Siglufjördur me manquait le jour de mon déménagement dans le sud !

– Tu te sens prêt à revenir ? se hasarda Ari Thór.

Le silence se fit, pesant. Puis, comme s'il n'avait pas entendu la question de son collègue :

– Tu es déjà passé par le col de Skardur ?

Ari Thór regarda l'ancienne route de montagne qui, jadis, avant la construction du premier tunnel dans les années soixante, avait été le seul lien de Siglufjördur avec le monde.

– J'avoue que non.

Désormais, la route n'était ouverte qu'au plus fort de l'été. Impossible d'y accéder à cette époque.

– J'irai voir ça cet été. Je trouverai bien le temps.

– Ça peut aussi être dangereux à cette saison, tu sais, remarqua Tómas, l'air pensif.

Ils étaient arrivés devant le refuge.

– Quand j'étais gosse, je me suis retrouvé coincé là-haut lors d'une sortie scolaire. C'était l'été, on ne portait pas de vêtements très chauds. À mi-chemin, une tempête de neige nous est tombée dessus. Le car était coincé, et nous terrifiés. Les conditions météo empiraient à vue d'œil… Je m'en souviens comme si c'était hier. Une expérience comme celle-là, on ne l'oublie jamais. On est restés bloqués là-haut jusqu'à la tombée de la nuit, on a dû nous envoyer des secours. Tous les propriétaires de 4x4 se sont joints à l'opération. Chaque enfant devait être redescendu très lentement, en faisant une chaîne avec les adultes. La neige empêchait toute visibilité.

Le regard de Tómas se fit lointain, comme s'il se trouvait toujours là-bas.

– J'étais dans les derniers et soudain, j'ai lâché la main du garçon devant moi. Le groupe a continué à descendre, malgré les cris d'alerte du garçon. À mon tour, je me suis mis à crier, mais personne ne m'entendait. L'autre garçon n'a pas voulu renoncer : il a quitté la chaîne, et les autres ont fini par s'arrêter. J'étais glacé, paralysé par la fatigue et la peur, et je m'étais fait mal au pied en le cognant sur une pierre. Sans ce gamin… S'il ne s'était pas arrêté…

Tómas se tourna vers Ari Thór. Ses yeux brillaient.

– Tu sais qui c'était ? Le garçon qui a pris le risque de se perdre pour me venir en aide ?

Ari Thór secoua la tête.

– C'était Addi. Addi Gunna, mon cousin. Tous les hommes ont une qualité qui les rachète aux yeux du monde. Même Addi. Et beaucoup d'entre nous ont une face sombre que personne ne voit jamais…

Puis il se tut. Il avait déjà raconté à Ari Thór les détails de sa deuxième visite à Addi, dont il était revenu bredouille. Ari Thór avait l'impression qu'il s'excusait pour son cousin, rappelant sa bonté intrinsèque pour compenser son implication actuelle dans des activités plus que douteuses.

– Moi aussi, j'ai eu de la visite…

Ari Thór lui raconta l'histoire du fusil perdu du professeur.

Tómas haussa un sourcil. L'enquête avançait bien.

Les informations sur les appels entrants et sortants du téléphone du maire arrivaient rapidement. Elles révélaient la fréquence inhabituelle de ses conversations avec son adjointe, une certaine Elín Reyndal, dont le véritable nom, selon l'état civil, était Elín Einarsdóttir. Le maire l'avait ainsi appelée juste après la visite imprévue des policiers.

– Je sens le truc louche… avait commenté Tómas.

Ils s'étaient rendus à l'hôtel de ville et avaient demandé à voir Elín. Elle était partie en rendez-vous dans la vallée, au refuge près des pistes de ski. Désireux de maintenir de bonnes relations avec les autorités locales une fois l'enquête bouclée, Ari Thór avait proposé de repasser le lendemain, mais Tómas ne voulait rien entendre. Et quand cet homme, habituellement plutôt réservé, avait le couteau entre les dents, il valait mieux renoncer à le faire changer d'avis.

– Non. On va y aller maintenant. Et on ne téléphone pas pour la prévenir de notre arrivée. Parfois, prendre les gens par surprise peut se révéler fructueux…

À l'intérieur du refuge, des tables et des chaises avaient été soigneusement alignées, bien que trois personnes seulement soient présentes : un homme et deux femmes. Derrière elles, les étagères étaient remplies de chaussures de ski et de casques. Les têtes se tournèrent vers les deux policiers qui faisaient leur entrée. Ari Thór reconnut tout de suite Elín, et identifia le couple à ses côtés comme les gérants du domaine skiable. Jeunes et dynamiques, ils nourrissaient des projets ambitieux pour cette région que ses habitants qualifiaient, modestement, d'« Alpes de Siglufjördur ».

À voir le visage d'Elín, elle s'attendait à cette visite, mais elle ne manifesta aucun signe de nervosité. Elle semblait prête. On lisait presque du défi dans son regard qui passait de l'homme à la femme en attendant que Tómas ou Ari Thór annonce la couleur.

Tómas avait vu juste : si elle les attendait, c'est qu'elle avait quelque chose à dire. Ou à cacher. Il avait eu raison de ne pas reporter leur conversation.

– Bonjour, nous voudrions vous parler, commença Ari Thór. Vous avez un moment ?

Le couple écarquilla les yeux, comme s'ils assistaient en direct au coup de théâtre d'une série télé.

Elín restait immobile sur sa chaise. Elle fixait Ari Thór, refusant toute intimidation.

– Je suis en pleine réunion. Ça peut attendre ?

– Non, répondit sèchement Ari Thór, agacé par son attitude.

Elle se leva aussitôt.

– Allons dehors.

Il aurait préféré rester à l'intérieur. Le décor était confortable et ses pensées étaient reparties vers l'hiver. Cette maison chaleureuse serait un abri bienvenu quand la neige se mettrait à tomber. Il faisait de plus en plus froid dehors, avec des températures qui chutaient résolument en dessous de zéro.

Ils sortirent tout de même, suivis par Elín. En ce début d'après-midi, le crépuscule se faisait déjà sentir. La journée était belle, mais par ce froid perçant, elle l'aurait été davantage derrière une fenêtre. Un silence méditatif recouvrait la vallée. Tout semblait désert. Le remonte-pente était immobile, personne ne skiait, aucune activité nulle part.

– On va s'asseoir dans la voiture ? suggéra Tómas.

– Pas question. À moins que vous ayez l'intention de m'arrêter ?

Elín semblait parfaitement maîtresse d'elle-même.

– Je suis bien ici. Vous êtes sensibles au froid, messieurs ?

Son regard passa d'Ari Thór à Tómas.

– Doit-on vous appeler Elín Reyndal ou Elín Einarsdóttir ? demanda Tómas.

– L'un ou l'autre, aucune importance.

Elle plissa les lèvres.

– Vous avez une raison particulière de ne pas utiliser votre nom de famille ? Et d'avoir déclaré votre résidence principale à Reykjavik ?

– Reyndal est un vieux nom en usage dans ma famille. Il est parfaitement utilisable. Je ne vois pas pourquoi je devrais m'en priver.

– Personne ne dit ça. Simple curiosité.

– Peu importe.

– Et sinon, votre résidence principale ? En toute logique, vous auriez dû indiquer Siglufjördur. C'est bien là que vous vivez en permanence ?

– Ce n'est pas encore décidé. Je ne suis pas ici depuis longtemps. Mais puisque vous en parlez, vous avez raison, je vais changer l'adresse. Maintenant, j'imagine que deux policiers ne se déplacent pas pour des histoires de résidence principale ?

Son visage était impassible.

– Quel genre de relation entretenez-vous avec le maire, Gunnar Gunnarsson ?

– Je travaille pour lui.

– Vous le connaissez depuis longtemps ? intervint Ari Thór.

– On a fait nos études ensemble.

Elle ne semblait pas disposée à révéler autre chose que des faits bruts.

– C'est un ami proche ?

Elle hésita enfin.

– On est amis, oui. Rien de plus.

– C'est comme ça que vous avez décroché ce job ?

– Qu'est-ce que vous insinuez, au juste ?

C'était au tour d'Ari Thór d'hésiter, conscient d'évoluer en terrain glissant.

– Eh bien… apparemment, le maire voulait recruter quelqu'un qu'il connaissait.

– Il me connaît assez pour savoir que je suis digne de confiance. C'est tout ce qui compte.

Elle jeta un coup d'œil à sa montre puis à ce qui devait être sa voiture.

– Je dois y aller, messieurs. Et je ne comprends toujours pas pourquoi vous m'avez interrompue pendant ma réunion.

– Vous avez beaucoup de choses à vous dire, avec Gunnar, lâcha Tómas d'une voix calme, sans se préoccuper de la tension croissante.

– Bien sûr, on se parle !

– Au téléphone ? Matin et soir ?

Nouvelle hésitation. La teinte rouge dont se paraient les joues d'Elín pouvait être due au froid.

– On s'appelle, de temps en temps.

– Un peu plus que de temps en temps, je dirais. Même si je n'ai pas encore le nombre exact de coups de fil.

– Ma parole, mais vous avez mis mon téléphone sur écoute ?

– Rien d'aussi grave que ça, l'assura Tómas avec un grand sourire. Mais si c'était le cas, je ne vous le dirais sûrement pas. On ne divulgue pas ce genre d'information. Tout ce que je peux vous dire, c'est que nous avons une liste d'appels entrants et sortants pour le numéro de téléphone de Gunnar. Et votre nom apparaît souvent.

Elle parut choquée. Ari Thór commençait à se dire que son caractère inébranlable n'était qu'une façade.

Elle prit le temps de réfléchir à sa réponse.

– Je ne vois pas bien où vous voulez en venir. Rien ne m'oblige à m'expliquer sur mes conversations privées avec Gunnar. Et, avant que vous me posiez la question : je ne couche pas avec lui.

– Je n'allais pas vous le demander. L'autre jour, nous lui avons rendu une petite visite inattendue et nous l'avons gentiment cuisiné…

Ari Thór détourna le regard instinctivement comme pour dire : « C'est lui qui le dit, pas moi. »

Elín attendit, silencieuse.

– Vous savez quelle est la première chose qu'il a faite après notre départ ?

Elle secoua la tête.

– Il vous a téléphoné.

Tómas attendit un peu avant de reprendre :

– Pourquoi donc ? De quoi voulait-il à tout prix vous parler ?

– De quoi il voulait me parler ? répéta-t-elle pour gagner du temps. De problèmes de planning à régler !

L'attitude de défi commençait à se fissurer. Son mensonge était pitoyable, songea Ari Thór. Elle avait dû sortir la première chose qui lui était passée par la tête.

– Du planning pour l'ouverture du domaine skiable, sans doute ? demanda-t-il avec une politesse sans équivoque.

– Quoi ? Euh… je ne m'en souviens pas. C'est possible.

Elle regarda de nouveau sa montre.

– Vous étiez aussi en contact avec Herjólfur ? dit encore Tómas, apparemment peu pressé d'abréger leur discussion malgré la température glaciale.

La région était magnifique l'été, sous les rayons ardents du soleil, mais à quoi bon rester là, à se laisser torturer par le froid ? Ari Thór s'éclipsa aussi discrètement que possible et alla se mettre à l'abri dans la voiture. Il sortit son téléphone et appela Gunnar sur son portable.

– Oui, allô ? dit le maire après quelques sonneries.

– Allô, bonjour, Ari Thór, de la police. Je vous dérange ?

– Non, pas du tout, je rentre à l'instant chez moi.

Un peu tôt pour un maire, pensa Ari Thór.

– Après notre visite de l'autre jour, avec Tómas…

– Oui… ah oui, bien sûr.

– … On a découvert que vous aviez appelé votre adjointe, Elín.

Silence. Ari Thór le laissa se prolonger, décidant de battre le fer tant qu'il était chaud. Puis il reprit :

– Pourquoi vous avez fait ça ?

– Pourquoi j'ai fait quoi ?

– Vous vouliez la mettre en garde ?

Ari Thór s'efforçait de garder le même ton posé.

– Non, bien sûr que non. Euh… je voulais juste lui dire que la police était venue m'interroger dans le cadre d'une enquête. Au cas où des questions seraient posées… Pour qu'on sache quoi répondre…

Ari Thór nota la respiration courte et saccadée du maire. Il mentait, ou bien c'était Elín – ou bien les deux. Tómas avait été bien inspiré de demander les relevés téléphoniques, même sans rien de très solide pour étayer sa requête.

– Pardon, mais je ne suis pas certain de bien vous comprendre, répondit poliment Ari Thór. Votre adjointe est aussi chargée des relations avec la presse ?

– Eh bien, non, pas du tout. Mais nous travaillons en étroite collaboration. Je l'ai engagée car je la connais depuis longtemps, je sais que je peux lui faire confiance. C'est mon bras droit, en quelque sorte.

La voix de Gunnar s'était faite plus cassante.

– Comment vous êtes au courant, pour ce coup de fil ? Je n'ai rien à cacher, mais…

– Nous avons la liste des appels reçus sur votre numéro, et des appels sortants aussi.

– Quoi ? Vous pouvez y accéder comme ça ?

– Non. Nous avons un mandat.

– Un mandat ?

– Tout à fait. Comme vous avez parlé avec Herjólfur très peu de temps avant son agression… Ça nous permet d'examiner tous les faits.

– Vous avez juste cherché dans *mes* appels ou dans d'autres aussi ?

Ari Thór sentit le mélange de colère et de peur dans sa question.

– Désolé, je ne peux pas vous le dire. Je suis sûr que vous comprenez.

Ari Thór vit Tómas s'approcher de la voiture. Sa conversation avec Elín était terminée.

– Je dois vous laisser, Gunnar. Merci.

Il raccrocha.

– Une petite discussion avec monsieur le maire ? demanda Tómas en prenant place au volant.

Vieille habitude : c'était toujours Tómas qui conduisait.

Ari Thór acquiesça.

– Excellent, mon garçon, excellent. Qu'est-ce qu'il a dit ?

– Pas la même chose qu'Elín.

– De mieux en mieux… Ça va même devenir franchement intéressant.

Il démarra, pensif mais souriant. Ils tenaient le bon bout. Pour Ari Thór, c'était certain : les choses finiraient mal pour le maire de Siglufjördur.

Je n'ai rien écrit hier.

Je suis resté au lit toute la journée.

Ça vous fera du bien, m'avait promis le Dr Helgi. Une des rares choses qu'il m'avait dites avant de mettre fin à notre entretien.

Quelles conneries ! Je ne me suis jamais senti aussi mal ! Ces médicaments ne m'apportent rien de bon. C'est tout le contraire, même. Je ne suis plus moi-même. Je dors plus mal qu'avant, ma bouche est toujours sèche. Les auxiliaires me répètent tout le temps que je dois être patient, que mon corps va « s'accoutumer au traitement médicamenteux »...

Il est midi. Je n'ai pas de montre donc je ne connais pas l'heure exacte mais on vient de nous appeler au réfectoire. Dans ce petit monde, ça signifie qu'il est midi. Je n'y vais pas. Je ne m'en sens pas capable.

Ça va passer, à ce qu'il paraît. Tous ces effets secondaires, mes problèmes de dents, ils font partie de ma nouvelle relation avec les médicaments.

Qui aurait besoin d'une montre, ici ? Les heures s'écoulent selon un rythme dicté par un emploi du temps strict : petit-déjeuner, réunion du matin, déjeuner, café en milieu d'après-midi, dîner. Et le lendemain, tout recommence. Cette putain de monotonie rendrait dingue n'importe quel type sain d'esprit. En même temps, je reconnais qu'elle a quelque chose d'apaisant aussi. Avant, chaque nouvelle journée m'effrayait. Je me demandais ce qu'elle me réservait. Cette impression commence à s'effacer. Tout comme moi.

19

Kristín n'était pas là quand Ari Thór rentra chez lui à l'heure du dîner. Sans doute à l'étage, occupée à coucher Stefnir, pensa-t-il. Il avait rapporté une pizza, mais il comprit en entrant dans la cuisine qu'ils avaient déjà dîné. Il n'y avait rien pour lui dans le réfrigérateur, sans doute un reproche silencieux lié à ses absences répétées depuis le début de l'enquête. À moins que Kristín n'ait simplement pas imaginé qu'il rentrerait à l'heure pour dîner en famille.

Il aurait adoré se faufiler en haut des escaliers pour observer la scène, mais il savait que Kristín détesterait qu'il interrompe le rituel du coucher. Mieux valait rester dans la cuisine avec sa pizza tant qu'elle était encore chaude. La police de Siglufjördur ne se nourrissait pas de *donuts*. Son alimentation se composait essentiellement de pizzas et des délicieux petits pains à la cannelle de la boulangerie du quartier.

Ari Thór n'avait pas pu voir les infos télévisées du soir et ça lui allait très bien. Il en avait assez d'entendre les journalistes déblatérer au sujet de l'agression. Cette tentative de meurtre sur un policier, sans précédent dans l'histoire de leur petite île, monopolisait toujours l'attention des médias sans que l'enquête ait pourtant fait de progrès notables. Il n'avait pas besoin de les entendre raconter ce qu'il savait déjà : le coupable courait toujours. Il avait tout de même mis la main sur le propriétaire du fusil, Ingólfur. En l'occurrence, c'était plutôt lui qui s'était remis entre ses mains. L'équipe scientifique avait passé son garage au peigne fin sans découvrir quoi que ce soit d'intéressant. Ari Thór croyait le professeur – le fusil lui avait sans doute été volé. Il pouvait correspondre à l'arme du crime mais l'identification précise ne serait possible qu'une fois l'arme retrouvée.

Les voisins d'Ingólfur avaient été interrogés, mais personne n'avait rien remarqué de particulier. L'affaire restait plongée dans la pénombre. Il aurait dû être considéré comme suspect, mais Ari Thór l'imaginait difficilement coupable d'autre chose que d'inattention.

La police n'avait pas encore rendu publique cette nouvelle piste. Au fond de lui, il espérait que le professeur serait épargné par les feux des projecteurs, bien que ce soit peu probable. La perquisition de son garage par l'équipe scientifique, en plein jour, n'avait pas dû passer inaperçue, et la nouvelle allait se répandre comme une traînée de poudre à travers la petite communauté. Les journalistes avides de scoops ne tarderaient pas à remonter jusqu'à lui.

Désireux d'un peu de compagnie devant sa pizza, Ari Thór finit par allumer la télévision et tomba sur un débat sur la possession d'armes à feu en Islande. Ce sujet attirait rarement l'attention sous ces latitudes, il n'était pas difficile de deviner ce qui avait pu le provoquer.

– Il y a soixante mille armes à feu enregistrées en Islande, clamait un des participants. Soixante mille ! Ça veut dire qu'un Islandais sur cinq est armé, encore plus si on ne tient compte que de la population adulte. Il y a quelques années, une enquête montrait que l'Islande occupait le quinzième rang des pays ayant le plus fort taux de possession d'armes par habitant. Le quinzième ! Et tout porte à croire que ce chiffre est encore en dessous de la réalité…

Une nation de chasseurs, pensa Ari Thór.

– Par habitant… interrompit un contradicteur. On peut obtenir toutes sortes de chiffres bizarres et incroyables avec ce genre de critère…

– Je vous demande pardon ? glapit le premier. La quinzième place ! Ça veut dire dans les quatre-vingt-dix mille armes à feu. Bon sang, pourquoi a-t-on besoin de toutes ces armes ? Est-ce qu'il n'est pas temps d'adopter une législation plus restrictive ? Sinon, on va arriver à quoi ? À une police armée ? On dirait que tout le monde y a droit, sauf les policiers…

Ari Thór savourait la controverse en silence quand des coups vigoureux frappés à la porte brisèrent la tranquillité de son repas. Surpris, il reposa sa part de pizza entamée et se leva. Il fit de son mieux pour ignorer le malaise qui montait en lui. Il n'attendait personne et ça ne ressemblait pas à Tómas de débarquer sans prévenir.

Il jeta un œil en passant à son téléphone pour voir s'il n'était pas éteint, s'il n'avait pas coupé le volume par inadvertance ou si l'on n'avait pas essayé de le joindre. A priori, dans une ville comme Siglufjördur, il n'y avait aucune raison de s'inquiéter de ce genre de visite. On pouvait difficilement concevoir lieu plus paisible. S'il y avait une chose à craindre, c'était éventuellement le déchaînement des forces de la nature, mais pas les voisins.

Mais quelqu'un avait tiré sur un des deux policiers de la ville à bout portant. Ari Thór était le deuxième. Et si quelqu'un en avait après la police ? Et si Herjólfur n'était que la première victime ?

Les coups redoublèrent, forts, déterminés.

Puis un coup résonna dans le plafond. La vieille maison était construite en bois et tous les sons se propageaient facilement entre les pièces. Kristín avait certainement entendu Ari Thór rentrer, et les coups frappés à la porte. Elle ordonnait à Ari Thór d'ouvrir au plus vite, tandis qu'elle essayait d'endormir leur fils.

Il traversa le couloir au pas de course.

La lampe qui éclairait le perron n'avait plus d'ampoule, l'obligeant à scruter la pénombre pour y découvrir le visage d'un homme qu'il reconnut, mais à qui il n'avait jamais parlé. Ottó N. Níelsson se tenait devant lui. Natif de Siglufjördur, il était récemment revenu y vivre après des années passées à Reykjavik, fraîchement élu conseiller municipal.

– Bonsoir Ari Thór, dit-il d'une voix de basse profonde. J'espère que je ne dérange pas ? J'aurais voulu discuter avec vous.

S'il avait pris la peine de se déplacer en pleine nuit, la raison devait être importante.

– Bien sûr, entrez.

– Merci, j'apprécie.

Ottó frotta soigneusement ses chaussures sur le paillasson pour en retirer une boue inexistante et entra. Ari Thór le guida jusqu'au salon, et l'homme s'assit confortablement au milieu du canapé. Il trouvait bizarre de recevoir un inconnu chez lui si tard. Il préférait finalement que Kristín soit occupée à l'étage.

Ari Thór connaissait un peu le parcours d'Ottó. C'était un éminent entrepreneur qui s'était fait un nom à Reykjavik en reprenant une concession automobile grevée par les dettes à un moment où plus personne n'achetait de véhicules neufs. La rumeur disait qu'il avait revendu son affaire avec un bénéfice considérable quelques années après le krach financier, quand l'activité économique était repartie. De retour à Siglufjördur, il s'était présenté aux élections municipales et avait été élu. On le soupçonnait par ailleurs d'avoir usé de son influence pour que Gunnar Gunnarsson, un de ses amis, soit désigné maire malgré son peu d'expérience.

Ari Thór prit place et attendit que son hôte lui expose l'objet de sa visite.

– Comment avance l'enquête ?

Sa voix semblait monter des profondeurs de son corps. Son regard ne quittait pas le visage d'Ari Thór et il était évident qu'il n'était pas venu par simple curiosité.

– Pas trop mal.

Ottó se tut.

– Naturellement, je ne suis pas autorisé à vous donner plus de détails, reprit-il pour briser le silence.

– Naturellement.

– Vous voulez peut-être un café ? proposa Ari Thór en espérant que l'homme refuserait.

– Non merci, ça ira. Je ne vais pas rester.

Il se pencha en avant.

– Vous avez parlé à Gunnar, et plus d'une fois je crois. Ou vous l'avez interrogé, si le mot convient mieux…

– Je ne peux pas confirmer que…

Ottó ne le laissa pas aller plus loin.

– Votre confirmation n'est pas nécessaire, c'est Gunnar lui-même qui m'a prévenu. Et un peu plus tôt dans la journée, vous avez harcelé son adjointe, Elín Reyndal.

Il avait parlé sans lui laisser le temps de réagir, et en insistant sur le mot *harcelé.*

– Je vous l'ai dit, je n'ai pas à évoquer les détails de l'enquête et…

– Très bien, très bien. Vous et Tómas avez interrogé Gunnar et Elín et, bon sang, je ne comprends pas pourquoi. Je sais… Du moins, j'ai la quasi-certitude que c'est Tómas qui en est à l'origine. Je me rappelle comment il était, dans le temps. Toujours à brusquer les gens… Il est parti vivre dans le sud, profiter de sa jolie promotion, et voilà qu'une occasion de mener une enquête se présente ici. Évidemment, il veut marquer son territoire. C'est tout ce que je voulais dire… Je sais bien que vous n'êtes pas responsable de ça…

Il observa un silence. Puis :

– J'ai décidé que je devais venir vous parler tranquillement. À vous, pas à Tómas. Je peux vous faire confiance, je sais que vous êtes un gars du coin, maintenant. Ou presque. Vous faites partie du paysage. Mais Tómas, lui, mène sa vie ailleurs, et il y a peu de chances qu'il revienne. Vous pensez vraiment que le maire aurait pu essayer d'assassiner un inspecteur de police ? À votre avis ?

Il le fixait d'un regard dur.

– Ou la maire adjointe ? Allons, un peu de sérieux…

Ari Thór se leva et sourit. On ne l'avait jamais qualifié de « gars du coin » et il savait qu'Ottó s'était servi de cette formule amicale pour lui soutirer une faveur.

– J'ai bien peur de ne pas pouvoir parler de cette affaire avec vous, j'espère que vous me comprenez. L'enquête est arrivée à un point crucial, et que penseraient les gens s'ils apprenaient que vous êtes venu me voir pour me demander des détails…

Ottó se leva également.

– Ils n'ont pas besoin de l'apprendre…

Ari Thór lui tendit la main.

– J'ai été ravi de vous rencontrer, Ottó, et je vous remercie d'être passé. Vous n'avez aucune inquiétude à avoir, l'enquête a été confiée à quelqu'un de très compétent, et elle sera sans doute bouclée dans quelques jours. J'ai bon espoir.

– Elle sera bouclée si vous arrêtez de perdre votre temps à suivre des pistes absurdes. Ce serait mauvais pour tout le monde si on apprenait que des policiers ont interrogé de façon répétée des responsables politiques émérites. Et je ne parle pas seulement du maire.

Sa voix avait pris de l'ampleur. La menace était claire.

Ari Thór raccompagna son visiteur vers la sortie. Il parvint à maintenir un certain calme en apparence alors que les pensées tourbillonnaient dans son esprit.

Ottó reparti, il resta un moment dans l'entrée et réfléchit à ce qui venait de se passer. Avait-il été trop poli compte tenu des circonstances ? Ou trop impoli ?

Son instinct lui disait que ni Gunnar ni Elín n'étaient liés à l'agression. Sans doute avaient-ils exagéré avec Tómas en privilégiant ce scénario. Le cœur du problème, c'était qu'une fois l'enquête terminée, il devrait continuer à vivre dans cette petite communauté alors que Tómas retournerait dans le sud. Il ne pouvait pas se permettre de mettre en péril son métier ou sa famille, ni de laisser filer le poste d'inspecteur si Herjólfur succombait à ses blessures. Ari Thór avait intérêt à se montrer très prudent dans la suite de l'enquête.

J'ai longuement discuté avec l'infirmière aujourd'hui. Pas parce que je prends du plaisir à échanger avec elle, mais parce que, contrairement au médecin, elle prend la peine de m'écouter.

M'écouter ? Bah... elle l'a fait, certes, mais je ne dois pas oublier qu'elle est payée pour s'occuper de nous. J'ai essayé de lui faire le coup du charme, je lui ai dit que c'était la seule employée de l'hôpital à avoir la tête sur les épaules. En réalité, je la crois plutôt stupide, mais on s'en fiche. Elle m'a écouté.

Je n'ai pas été jusqu'à lui raconter toute mon histoire depuis le début, pourquoi je me comporte ainsi... Mais j'ai essayé de lui faire comprendre que les médicaments ont un effet terrible sur moi et que mon état empire. Je lui ai dit que je n'avais rien à faire ici mais que, les choses étant ce qu'elles sont en ce moment, j'acceptais de suivre les recommandations du corps médical. Tout ce qu'il me faut, maintenant, c'est un autre médicament.

Elle m'a promis de faire ce qu'elle pourrait. Le Dr Helgi ne doit pas revenir avant un petit moment, mais elle peut le contacter en cas d'urgence. Ça semble correspondre à mon cas : une urgence.

20

Ari Thór se leva de bonne heure, en forme. Il se sentait bien mieux physiquement que ces derniers jours, il était en train de vaincre cette fichue grippe. Kristín lui causait toujours du souci mais il devait se concentrer sur l'enquête.

Bien que la visite d'Ottó ait monopolisé son esprit toute la soirée, il était parvenu à s'endormir sans problème. Stefnir les avait réveillés à 6 heures, mais ils avaient réussi à lui faire refermer les yeux. Kristín, qui avait un jour de récupération, s'était recouchée. Ari Thór, lui, était resté éveillé, passant en revue les multiples aspects d'une enquête qui évoluait dans des directions de plus en plus intéressantes. Il avait proposé à Tómas de rencontrer cette vieille dame qui connaissait l'histoire tragique de la maison où Herjólfur avait été abattu. Son nom était Jódis. La sœur de l'homme qui se trouvait sur place avec les jumeaux quand Baldur était tombé du balcon – près d'un demi-siècle auparavant. Ils avaient décidé que le meilleur moment pour cette conversation serait le matin même, à l'occasion du café servi dans la salle paroissiale.

– C'est une coutume lancée par le révérend Eggert, avait expliqué Tómas. Tous les jours, à 7 heures, la salle est ouverte et chacun peut venir boire le café. Mon cousin est un habitué, et il paraît que Jódis aussi.

La journée allait certainement être longue et pénible. Autant la commencer par une petite discussion détendue avant les coups de téléphone, le réveil des médias et les premières instructions de Tómas.

Ari Thór sortit dans le vent froid du nord. L'église était si proche que la voiture n'était pas nécessaire. Il avait neigé pendant la nuit et la température était passée sous la barre du zéro, et les trottoirs crissaient sous les chaussures. Toute la ville paraissait luire sous un halo de givre. Chaque coin de rue réservait une rafale de vent cinglante. Ari Thór avait connu des hivers doux à Reykjavik ; à Siglufjördur, c'était un concept inconnu.

Il grimpa d'un pas leste le perron de l'église puis l'escalier menant à la pièce tout en longueur qui servait de salle paroissiale. Il se sentait ragaillardi.

Il avait pris soin de s'habiller en civil. Ce n'était pas vraiment le policier qui venait ce matin, l'uniforme n'aurait pas convenu aux circonstances. Malgré tout, Ari Thór ne risquait pas de se fondre dans la foule, dès qu'il apparut, la moyenne d'âge des personnes attablées dans un coin chuta d'un coup. Tous se turent en le voyant. Le révérend Eggert n'était pas parmi eux. Un homme, qui avait largement plus de quatre-vingts ans, prit la parole.

– Bonjour ! Vous voulez vous joindre à nous ?

Ari Thór ne savait pas à quoi ressemblait Jódis. Il décida de tenter sa chance.

– Merci, je ne veux pas vous déranger. Je cherche Jódis.

Une des femmes du groupe leva la tête.

– Je viens de finir mon café. Dites-moi donc ce que vous me voulez, jeune homme ?

Elle se leva, lui tendit une main osseuse et délicate.

– Je suis Jódis. Et vous êtes…

– Ari Thór, dit-il en lui serrant la main.

Elle était beaucoup plus petite que lui, légèrement voûtée, avec des cheveux gris noués en chignon. Sa jolie robe était du même gris.

– Allons nous asseoir, proposa-t-elle en indiquant une table à l'écart.

– Parfait.

Ils s'installèrent. Même à quelques mètres de distance, son parfum douceâtre était écœurant.

– Je vous attendais. Vous ou un autre, commença-t-elle avec un mince sourire.

– Moi ou un autre ?

– Oui. Vous êtes de la police, n'est-ce pas ?

Son regard pétillait.

– Et vous voulez me poser des questions au sujet de la maison ?

– Tout à fait, admit Ari Thór, pris de court.

– Et que voulez-vous savoir, si je puis me permettre ?

– Eh bien, simple curiosité. Je voudrais connaître l'histoire de cet endroit.

– Parce que vous croyez, jeune homme, que l'histoire de la maison peut vous aider à faire la lumière sur les événements de ces jours derniers ? Que le passé détient les clés des mystères du présent ?

– On ne sait jamais.

– Je dois admettre que je suis sceptique, mais je suis d'accord pour répondre à vos questions. Non que je pense avoir toutes les réponses. J'espère que vous comprenez.

Ari Thór acquiesça.

– Bien sûr. Nous avons juste une petite discussion informelle. Rien d'officiel.

La vieille dame sourit.

– Alors on se comprend. C'est toujours bien de se comprendre, pour commencer.

– Un homme a perdu la vie dans cette maison il y a une cinquantaine d'années, c'est bien ça ?

– Je crois que vous le savez aussi bien que moi, répondit-elle, enjouée.

– Et votre frère a assisté à la scène ?

– En effet. Il s'appelait Jónmundur. Il est parti il y a bien longtemps. J'imagine que vous le saviez avant de venir me voir. Ils sont partis maintenant, tous les trois. Jónmundur, Börkur et Baldur…

– Quand est-ce que ça s'est passé, précisément ? On m'a dit vers 1960…

– À l'automne 1961. Une année mémorable pour tout un tas de raisons. Une des meilleures années pour la pêche au hareng. Cet été-là, on a établi un record : dix-sept mille tonneaux de hareng salés en une journée ! Dix-sept mille !

Le souvenir la fit sourire.

– Je dis « on » parce que j'y ai participé. Vous ne devez pas vous représenter combien le hareng était important pour nous, à l'époque…

Ari Thór était trop jeune pour avoir connu l'âge d'or du hareng à Siglufjördur, mais il avait beaucoup lu et entendu maintes histoires à ce sujet après s'être installé dans le nord. Siglufjördur avait été le premier port d'Islande pour la pêche au hareng. Sa taille avait décuplé quand la pêche battait son plein. La première usine de poissons construite en ville datait du début du XXe siècle et le hareng était longtemps resté le produit d'exportation le plus rentable d'Islande. Quand le hareng était déchargé, tous les habitants – hommes, femmes, enfants – se retrouvaient dans les usines et salaient des barils entiers de harengs. L'argent coulait à flots pour les gens de Siglufjördur ainsi que tous ceux qui venaient en ville pour y travailler. Chacun avait un rôle à jouer pour transformer la richesse argentée de la mer en une fortune sonnante et trébuchante. Et puis, à la fin des années soixante, le hareng avait disparu : il avait déserté les côtes du nord de l'Islande. Aujourd'hui, Siglufjördur n'avait plus rien à voir, et si l'époque du hareng occupait encore une place majeure dans les souvenirs de ses habitants, imaginer l'ambiance qui y régnait alors était impossible pour un homme plus jeune, étranger à la région.

– Tout le monde travaillait dans le hareng ?

– Oui, tout le monde.

– Et le soir de l'accident, ils faisaient une petite fête ?

– On ne parlait pas vraiment de « fêtes », en ce temps-là... Mais oui, Jónmundur et les jumeaux s'entendaient bien et ils n'étaient pas contre un ou deux petits verres quand ils se retrouvaient ensemble... Ce n'était pas le genre à boire avec modération, vous pouvez me croire.

– Donc, ils étaient ensemble, tous les trois, le soir où Börkur... pardon, Baldur est mort, c'est ça ?

Ari Thór confondait le nom des jumeaux.

– Oui, c'est Baldur qui est tombé, confirma Jódis d'un ton pincé. Ne mélangeons pas, vous voulez bien ?

– D'accord.

Il eut l'impression d'être assis devant une maîtresse d'école inflexible.

– Ils étaient ensemble, oui. Mais je vous le redemande : vous croyez vraiment que ces événements si lointains peuvent avoir un rapport avec l'enquête de police actuelle ?

– Je comprendrais très bien que vous préfériez ne pas en parler.

– C'était une tragédie. Rien de plus.

– Un accident.

– Il est tombé du balcon et il n'a pas survécu.

– Il avait bu ?

Elle s'autorisa un moment de réflexion.

– Pour être honnête, je pense que l'obscurité est plus responsable que la boisson.

– Votre frère a été témoin de l'accident ? Il vous en a parlé ?

– Ça fait deux questions, jeune homme. Vous devez me laisser répondre à une question à la fois.

– Pardon. Votre frère a vu quelque chose ?

– Non.

– Est-ce qu'il vous a parlé de cette soirée, ensuite ? Je veux dire, des événements qui s'y sont déroulés ?

– Non.

– Est-ce qu'il est possible que Börkur ait poussé Baldur ?

Börkur ou Jónmundur, faillit-il demander, mais il ne voulait pas contrarier la vieille dame.

Elle se pencha en avant et posa la main sur le bras d'Ari Thór.

– Parfois, il vaut mieux laisser la vérité reposer en paix, chuchota-t-elle.

Et elle se leva.

– Merci pour cette petite conversation, Ari Thór. J'ai été ravie de faire votre connaissance. Laissez-moi tout de même réfléchir à tout ça. Le moment est peut-être venu de souffler la poussière sur quelques vieux secrets. Peut-être…

Et elle s'éloigna d'un pas lent et décidé pour rejoindre ses amis dans le coin de la salle. Sans se retourner.

*

Ari Thór rentra chez lui pour enfiler son uniforme avant de retrouver Tómas au poste de police. Il ne faisait pas plus froid mais le vent du nord soufflait toujours aussi fort, comme pour s'assurer qu'Ari Thór n'oublie jamais dans quelle partie du monde il vivait.

Il regarda le ciel – des nuages noirs, rien que des nuages noirs.

Il raconta à Tómas la visite d'Ottó.

– C'était étrange, pour ne pas dire plus, conclut-il finalement. Ça ressemblait fortement à une menace voilée. Il était très « délicat » mais je n'avais jamais vu un truc pareil.

– Tu t'y feras. Je ne me suis jamais entendu avec Ottó.

– Tu le connais bien ?

– Oui, plutôt bien, mais je n'ai plus de contact avec lui. Il a gagné beaucoup d'argent après le krach grâce à ses affaires, mais il garde son argent dans le sud. Les gens d'ici n'aiment pas trop ça…

– Comment ça, il garde son argent dans le sud ?

– Il a des participations dans des affaires là-bas mais il vit ici. Beaucoup de gens pensent qu'il devrait investir dans la région, mais il n'y met pas un sou. Ce vieux bougre a toujours été un radin, et ça n'a pas changé. Il aime vivre ici et depuis son élection au conseil municipal, il se voit comme le gros ponte local… Il fait ses courses à la coopérative, rien de plus. C'est ce qu'on dit, en tout cas. Mais le cheveu sur la soupe, c'est l'info qui va sortir aujourd'hui. Pas sûr que ça lui fasse très plaisir…

– Quelle info ?

– Sur Internet, un article au sujet d'Elín.

– Elín ?

– Quelqu'un nous a vus au refuge hier et le journaliste raconte que la maire adjointe de Siglufjördur a été interrogée par la police. Avec une photo d'elle et tout le reste…

Tómas semblait nettement agacé.

– Le couple qui gère le refuge. Ça vient forcément d'eux.

– Il n'y a pas de secrets dans une petite ville comme Siglufjördur… observa Tómas, le visage légèrement empourpré.

– Mais où réside l'intérêt d'Ottó dans cette histoire ?

– C'est la question que je me pose.

Il grimaça comme s'il savait quelque chose qu'il n'était pas encore prêt à divulguer.

Ari Thór attendit patiemment.

Tómas soupira.

– Bon… Pour commencer… J'ai cru comprendre qu'Ottó avait parrainé Gunnar pour sa nomination. C'est Ottó qui l'a choisi et a fait pression pour qu'il soit désigné maire malgré d'autres candidats qui n'étaient pas pires, voire, pour certains, nettement plus expérimentés. Ottó a obtenu ce qu'il voulait, non sans mal à mon avis vu que Gunnar n'avait jamais mis les pieds à Siglufjördur. Les deux autres candidats étaient de différents quartiers de la ville, avec ce que ça suppose de rivalités. Ça a forcément eu un impact sur le vote et avantagé Gunnar. Et Gunnar est venu avec Elín dans ses bagages. Une chose en amenant une autre…

– Tu as dit « pour commencer… ».

Un sourire fugace passa sur les lèvres de Tómas.

– On est affûté, ce matin, on dirait ? Hier soir, j'ai discuté avec le prof d'histoire, Ingólfur, et sa femme. Ils sont bouleversés, complètement dévastés à l'idée que leur fusil ait pu être – c'est presque une certitude – utilisé par le tueur.

– Je veux bien le croire.

– Il semblerait que d'autres personnes que les membres du club de chasse aient eu connaissance de l'existence de l'arme. Son épouse aussi fait partie d'un club : les passionnées de pêche au saumon ! Elle m'a dit que chacune des membres était déjà entrée au moins une fois dans le garage et que l'une d'elles avait même évoqué le fusil d'Ingólfur et proposé d'aller chasser. Quant à leur fils, il a avoué avoir organisé une fête un week-end en l'absence de ses parents avec tous ses copains de dernière année au lycée. L'alcool était planqué dans le garage… Il y a eu aussi un dîner avec des invités ; ils se sont mis à parler de chasse et sont allés voir le fusil dans le garage. Devine qui était parmi eux ?

– Ottó ?

– Touché. Ça ne m'a pas spécialement frappé hier car il n'était pas encore entré dans la danse. Mais en te rendant visite hier soir, il s'est invité dans notre enquête…

– Alors on fait quoi, maintenant ?

– Eh bien, pas grand-chose pour le moment. Il ne risque pas de partir et aller l'interroger sous prétexte qu'il a dîné chez Ingólfur me semble un peu tiré par les cheveux. Mais on garde un œil sur lui…

Ari Thór regarda par la fenêtre. Les nuages noirs qu'il avait remarqués en arrivant venaient de se fendre et un mélange de pluie glaçante et de grésil martelait à présent la petite ville. Des mares se formaient sur les chaussées et gelaient instantanément, les fenêtres du poste de police se couvraient de buée. Pas une journée à rester dehors, se dit-il en s'affalant un peu plus sur sa chaise. Il n'arrivait pas à se sortir de la tête la visite d'Ottó. Il avait l'impression qu'une ligne avait été franchie, que son intimité avait été violée. Par une soirée paisible, un étranger s'était imposé chez lui, tout près de sa famille. *Et si c'était le tueur ?* se demanda Ari Thór, en sentant un frisson d'horreur se répandre dans tout son corps.

L'infirmière est venue me voir après le déjeuner. J'avais réussi à me traîner jusqu'au réfectoire, à y rester une demi-heure et à essayer de manger quelque chose.

Elle m'a dit qu'elle avait parlé à Helgi. Selon lui, je dois persévérer dans mon traitement et il me recevra un peu plus tard dans la semaine.

Je lui ai demandé si je pouvais arrêter les médicaments. « Pas question », m'a-t-elle répondu. « On ne doit pas renoncer à la première gêne. Il y a toujours des effets secondaires avec ce type de traitement », m'a-t-elle dit sans me regarder.

21

Gunnar pensait arriver à l'hôtel de ville de bonne heure mais Elín l'avait devancé. Ils étaient seuls dans le bâtiment mais il lui demanda tout de même de venir dans son bureau pour plus de discrétion. Elle referma la porte derrière eux.

– Il ne faut pas que tu prennes ça trop à cœur, commença-t-il. Je veux dire, ces articles sur Internet.

Alors qu'il prenait son petit-déjeuner, il avait été frappé de voir sa collaboratrice faire la une de presque tous les sites d'information.

Elle hésita, faisant mine de prendre l'affaire à la légère.

– Oh, ça… Je suis sûre que ça va passer… Mais je voulais te parler d'autre chose. Je suis désolée pour hier…

Ce ton embarrassé ne lui ressemblait pas. Elle était d'ordinaire si déterminée, si ferme, et c'est ce que Gunnar aimait chez elle. Ce qu'il trouvait si séduisant.

– Ne t'en fais pas, nous sommes aussi fautifs l'un que l'autre.

Il regretta aussitôt d'avoir employé ce terme.

– Si tu veux que je m'en aille, que je démissionne…

– Démissionner ? Tu es folle ! Qu'est-ce que je ferais sans toi ? Je serais incapable de continuer.

Il sourit pour détendre l'atmosphère.

– Je sais que mon geste était totalement déplacé, ajouta-t-elle à voix basse, détournant le regard.

– Non, il n'y avait rien de déplacé. Ça l'aurait été si j'étais venu vers toi, en abusant de mon statut de chef…

Il sentit le sang monter dans ses veines et décida de jouer cartes sur table.

– Tu sais, ce n'est pas comme si ça ne m'avait jamais traversé l'esprit, Elín…

Elle lui sourit, soudain rayonnante.

– C'est ce que je me disais… Ça doit être dur pour toi, éloigné de tout le monde. Tu sais, je n'ai aucune intention de briser ton mariage.

– Mon mariage n'est plus ce qu'il devrait être, Elín. Je dois me l'avouer. Je ne suis même plus sûr d'avoir *envie* de me battre pour lui.

Elle resta silencieuse, assise face à lui. C'était à elle de faire le prochain pas…

Des bruits de portes ouvertes puis refermées résonnèrent dans le bâtiment. Les employés arrivaient.

– Ce n'est peut-être pas le meilleur moment pour parler de ça. Et si on allait prendre un café après le travail ?

– Ce serait parfait, répondit-elle.

Elle était calme, maîtresse d'elle-même ; Gunnar reconnaissait son Elín. Et il savait que ce café les entraînerait plus loin. Ils avaient tous les deux la même chose en tête, c'était évident. La seule question était : où se retrouver ?

Elle lut dans ses pensées.

– Tu veux passer chez moi ? Je fais de très bons expressos – enfin, selon moi…

– Ça me va.

Gunnar sentit son visage s'empourprer.

Elín se leva et quitta son bureau sans un mot.

Les événements prenaient une tournure inattendue, songea Gunnar. Mais c'était sans doute inévitable. Il y avait toujours eu une attirance entre eux et maintenant qu'ils partageaient un secret, son secret, le lien semblait plus fort que jamais.

22

Au milieu de la journée, une ombre s'abattit sur la ville la plus au nord de l'Islande. Et pour une fois, ce n'était pas celle des montagnes environnantes mais quelque chose de bien plus terrible.

Herjólfur mourut le matin même, sans avoir repris conscience. Beaucoup de questions restaient sans réponse, et à présent, aucun témoin direct ne pourrait raconter ce qui s'était réellement passé durant cette nuit glaciale et venteuse. Avait-il vu son agresseur ? Quelles pensées avaient traversé son esprit en entendant la détonation et en sentant la balle le percuter ?

En apprenant la nouvelle, Ari Thór pensa tout de suite au fils d'Herjólfur. Moins à sa sœur, qu'il n'avait encore jamais vue. Son empathie pour le garçon faisait écho à sa propre histoire. Celle d'un fils sans père.

À quoi pensait-il à présent ? Que ressentait-il ? Ils ne s'étaient rencontrés qu'une seule fois, mais Ari Thór voyait clair en lui. Le jeune homme lui avait semblé solide, mais il y avait une différence entre apprendre que son père a été blessé par balle et s'entendre dire que tout est fini.

Helena se retrouvait donc veuve. Cette femme au foyer respectable qui avait déjà commencé à préparer l'enterrement. Elle lui avait semblé lointaine lors de leur dernière conversation et il devinait, non sans crainte, que la mort de son mari l'ensevelirait un peu plus en elle-même. Elle s'enfermerait sans doute dans une forteresse imprenable. Pour peut-être basculer de nouveau dans les profondeurs de la dépression…

Ce brusque élan de compassion lui amena presque les larmes aux yeux. Tout lui revint en mémoire, avec une clarté douloureuse, et il se retrouva plus ému qu'il ne l'avait été depuis des années. Il était assez lucide pour s'avouer qu'il avait tendance à s'apitoyer sur son sort et se demanda si ce sentiment soudain n'était pas, en soit, une forme d'égoïsme.

Il repensa immédiatement au poste d'inspecteur, de nouveau vacant. Quand la place deviendrait-elle officiellement disponible ? Et que devrait-il faire pour être certain de l'obtenir ? Pareilles considérations l'écœuraient lui-même.

La journée s'est passée normalement jusqu'à présent. Par la fenêtre, je vois s'amonceler des nuages, la pluie qui tente de les percer. Je ne suis pas encore sorti, bien que j'y sois autorisé désormais, comme tous les autres, à condition d'être accompagné par un membre du personnel soignant.

Cet après-midi, j'ai appris que le Dr Helgi était enfin parmi nous. On pourrait croire que les médecins viennent régulièrement à l'hôpital mais ça ne semble pas être le cas, pas dans notre service en tout cas. Mes soins quotidiens sont confiés à des gens qui me manifestent très peu d'intérêt.

Une seule tentative de suicide n'était peut-être pas suffisante ?

Je ne suis pas le seul à être délaissé. Parfois, toute l'équipe médicale joue aux cartes dans la cafétéria et personne ne nous propose de participer. Une façon de souligner nettement notre différence de statut. Il y a eux, et il y a nous.

Enfin, bref... Le Dr Helgi est finalement venu.

Les résidents faisaient la queue pour le voir. Pas tous, bien sûr. Uniquement ceux qui avaient une bonne raison. Comme moi.

Mais mon nom n'a pas été appelé.

J'ai attendu en faisant les cent pas. Je me suis retenu aussi longtemps que j'ai pu.

Et tout à coup, le type était parti. Plus de patients sur sa liste. J'ai craqué. L'infirmière m'avait promis un rendez-vous et elle sait à quel point je réagis mal au traitement.

Par chance, je n'ai pas perdu le contrôle longtemps. Deux auxiliaires forts comme des bœufs ont réussi à me maîtriser avant que je puisse faire des dégâts ou blesser quelqu'un. Ce n'était pourtant pas l'envie qui me manquait... Tout ça, je le sais par cœur. Je n'en ai pas fermé l'œil pendant bien des nuits. Je reste ici, je réfléchis, j'écris. Les choses commencent à se clarifier dans mon esprit.

23

En rentrant chez elle, Elín perçut une fraîcheur inhabituelle dans sa maison, comme traversée par le murmure d'un courant d'air. Avait-elle oublié de fermer la fenêtre le matin ? Ou étaient-ce les événements de ces dernières vingt-quatre heures qui la faisaient frissonner ? La journée avait été longue et accablante. Elín n'était pas plus habituée au cirque médiatique que la plupart des gens et ça avait été stressant – déprimant, même – d'entendre son cas débattu par des étrangers dans toute la ville et dans tout le pays sans aucun moyen d'y mettre un terme. Elle avait eu la mauvaise idée de lire les commentaires d'un des articles sur Internet. Elle n'aurait jamais dû faire une chose pareille mais sitôt la lecture commencée, elle avait été incapable de s'arracher de l'écran, sa curiosité avait été la plus forte. Elle s'était plongée dans les ragots atroces et féroces colportés par des gens qu'elle n'avait jamais vus mais qui semblaient avoir des opinions bien arrêtées la concernant, elle et ses compétences professionnelles. L'article en lui-même était assez factuel : elle avait été interrogée par la police. Mais la cruauté des commentaires, sous prétexte qu'elle occupait un poste semi-politique, était à peine croyable. La virulence des polémiques sur Internet s'était intensifiée depuis le krach financier, comme si l'on pouvait brusquement se permettre de dire tout et n'importe quoi sur tout le monde – particulièrement les politiciens.

Sa seule consolation, si l'on pouvait dire, était que la nouvelle du décès d'Herjólfur était tombée le même jour. Les spéculations hâtives des médias sur l'implication éventuelle des agents municipaux dans cette affaire de meurtre avaient été reléguées au second plan. Herjólfur n'aurait pas pu choisir meilleur moment pour mourir. Son sort était naturellement bien plus terrible que les rumeurs dont elle faisait l'objet. Elle aurait voulu éprouver de la compassion, partager le chagrin de la famille, mais ça n'était pas si évident. Elle connaissait à peine Herjólfur. Et elle avait assez de problèmes comme ça.

Et puis, il y avait la photo. Ce foutu portrait à côté de l'article – le premier à être paru ce matin. Elle avait tout fait pour dissimuler son identité, mais désormais, son véritable patronyme, Elín Einarsdóttir, n'était plus un secret pour personne à Siglufjördur. Le journaliste avait bien fait ses devoirs. L'article évoquait l'adjointe au maire de la ville Elín Reyndal, mais la légende de la photo donnait son vrai nom de famille. Et peu importait que ce soit une photo ancienne : Elín était démasquée, et ce n'était qu'une question de temps avant que Valberg ne retrouve la femme qui l'avait quitté, qui avait fui sa violence en se cachant ici, dans le nord, à Siglufjördur.

Mais jusqu'où pouvait-il aller ? Voudrait-il la revoir ? Le temps jouait pour elle. Qui sait, Valberg avait peut-être une autre femme dans sa vie ? *Une autre femme à tourmenter*... Possible. Elín s'en moquait. Elle devait penser à elle. Il fallait qu'elle rassemble tout son courage, qu'elle cesse de jouer à cache-cache et affronte ce salopard droit dans les yeux. *Plus facile à dire qu'à faire.* Elle n'était pas sûre de le connaître suffisamment pour savoir avec certitude de quoi il était vraiment capable. *Si tu fous le camp, je te tue !* Une menace en l'air ? Impossible à dire. Mais elle savait au fond d'elle qu'il était dangereux. Pourquoi diable sinon se serait-elle enfuie ?

Elín posa son sac à main et alluma la cafetière dans la cuisine. Elle retira son pardessus. Elle aurait préféré porter un anorak doublé pour se protéger du froid hivernal, mais elle ne trouvait pas de tenue qui convienne à sa fonction. Elle était condamnée à trembler sous ce manteau. Ce fichu vent soufflait ses rafales glacées quasiment tous les jours. Les montagnes lui faisaient parfois obstacle mais, quand il venait du nord, de la mer, on ne pouvait rien faire. Les températures avaient été particulièrement basses aujourd'hui, mais la pluie continue avait fini par se calmer.

Les bras et le cou d'Elín se couvrirent de chair de poule. Pas de doute, sa maison était inhabituellement froide. Une fenêtre ouverte, peut-être celle de la chambre à l'étage. Elle aurait dû s'empresser d'aller la fermer mais elle hésita, soudain apeurée, seule dans cette grande bâtisse qui renvoyait les échos. Habituée aux petits appartements de Reykjavik, elle n'avait jamais eu autant de mètres carrés à sa disposition. Elle comprenait à présent que vivre dans un espace si vaste ne présentait pas que des avantages.

Elle tenta de dissiper son inquiétude en se concentrant sur le chuintement rassurant de la cafetière. Mais la sensation ne dura pas. Elle devait à tout prix monter fermer cette fenêtre. Et de toute façon, elle finirait bien par aller se coucher. Mais bon, ça pouvait encore attendre. D'abord, le café. Et elle attendait l'arrivée de Gunnar. Son invitation avait été explicite. S'il voulait mettre un terme à sa relation conjugale dysfonctionnelle, c'était le moment où jamais. Ce soir, elle lui offrait la possibilité de faire le premier pas. *Oui, il allait venir.*

Immobile dans la cuisine, Elín regardait les gouttes de café emplir une à une sa petite tasse. Son plein d'énergie après une longue journée. À chaque collègue croisé dans les couloirs de l'hôtel de ville, la même interrogation lui revenait en tête : *est-ce qu'il a lu l'article ? Est-ce qu'il pense que j'ai tiré sur ce flic ?* Gunnar lui avait proposé de rentrer plus tôt chez elle, et même de prendre sa journée. Mais elle n'avait pas voulu se défiler. Ça ne servirait à rien. *Qu'ils pensent ce qu'ils veulent... cette histoire se dégonflera bientôt...* Elle l'espérait, en tout cas. Son métier avait une dimension politique, il fallait qu'elle s'habitue à attirer l'attention, pour le meilleur et pour le pire.

Et puis, elle pouvait tirer profit de cette exposition soudaine pour sortir de l'ombre et oublier ce raté de Valberg. Si un jour leurs chemins se croisaient de nouveau, elle trouverait le courage de le regarder de haut.

La première gorgée fut parfaite. Un shot de caféine pour lui redonner de l'énergie. La chaleur se répandit dans tout son corps. Elle se rendit dans le plus grand des deux salons et regarda les versants montagneux enneigés qui descendaient en pente douce jusqu'à son jardin. Gunnar n'habitait pas loin, à l'ombre de la même montagne.

– Ma chérie.

Deux mots innocents qui lui firent l'effet d'un séisme. Deux mots qui, prononcés dans les bonnes circonstances, pouvaient être merveilleux – mais pas ici. Pas maintenant. Elín resta figée sur place, incapable du moindre mouvement, oubliant même de respirer. Une secousse traversa son corps, comme une décharge électrique.

– Ma chérie, répéta-t-il.

Elle lâcha sa tasse et la vit éclater en touchant le sol, projetant le café en éclaboussures sombres sur le carrelage blanc. Elle crut s'évanouir. Il fallait qu'elle s'asseye, mais cela l'obligerait à le voir…

Autant le faire tout de suite. Croiser son regard. Le pire était de continuer à lui tourner le dos. Elle se décida et pivota d'un seul coup.

Il se tenait au pied de l'escalier, vêtu exactement de la même façon que le soir de leur rencontre à Kópavogur. Il s'habillait toujours pareil : jean et blouson en cuir trop petits d'une taille. Le T-shirt sous le blouson était l'unique variante dans sa tenue.

En quelques pas assurés, il se retrouva devant elle. Crier ? Se jeter sur lui ? Courir ? Essayer de sortir ? Elle choisit de ne rien faire. De suivre son instinct. Elle sentait qu'il valait mieux rester du bon côté, ne rien tenter qui puisse déclencher sa fureur.

– Qu'est-ce que tu fais ici, Valberg ?

Elle espérait que sa voix traduirait tout son aplomb – ici, c'était elle qui commandait. Mais elle fut trahie ; les mots sortirent hésitants, dans un frémissement craintif.

– Et *toi*, qu'est-ce que tu fais ici ? demanda-t-il en haussant la voix.

Il était tout près d'elle maintenant. Il pouvait la toucher s'il tendait la main ou si elle faisait mine d'appeler à l'aide ou de s'enfuir.

Elle comprit qu'il n'avait pas l'intention de la laisser partir, ni de s'en aller tranquillement. *À moins de réussir à le faire changer d'avis ?*

– On… on m'a proposé ce job.

Elle marqua une pause.

– Comment m'as-tu retrouvée ?

Sa voix recouvrait une certaine contenance. Mais Elín tremblait toujours, effrayée, terrifiée au point de ne pas réussir à rester concentrée.

– Comment je t'ai retrouvée ? répéta Valberg en riant. Pourquoi, tu te cachais ?

– Non. Non, pas du tout.

– J'ai vu une photo de toi ce matin sur un site d'infos. Et me voilà ! J'ai sauté dans ma voiture et j'ai foncé jusqu'ici. Elín Reyndal !

Il rit de nouveau.

– C'est quoi, ces conneries ? Tu croyais réellement que je ne te retrouverais pas ? Que tu pourrais passer le restant de tes jours planquée dans le trou du cul de l'Islande ?

Il se tut. Sa respiration rauque témoignait d'une longue fréquentation de la nicotine.

– Tu sais quoi, Elín ?

Sa voix baissa d'un ton.

– Tu sais quoi ? Si seulement tu m'avais parlé, je suis sûr qu'on aurait pu se quitter bons amis. D'accord, j'ai parfois eu la main un peu lourde, mais je m'excusais toujours. Tu n'aurais jamais dû me faire ça, t'évanouir dans la nature. Un, deux, trois, disparue ! Oh ! Ça ne se fait pas, des trucs pareils !

Il posa doucement la main sur son épaule puis la leva pour la gifler.

Une douleur cuisante. Elín eut le réflexe de le repousser mais il la saisit par les bras, les serra de toutes ses forces. Ses yeux la transpercèrent.

Ce n'était que le début. Ça allait mal se terminer.

Il eut un sourire narquois.

– Comment je t'ai retrouvée ? Tu m'as tellement manqué, ma douce Elín ! Je t'ai cherchée partout, j'ai interrogé tout le monde… Officiellement, tu habitais chez ta mère. Alors j'ai surveillé sa maison, mais je ne t'y ai jamais vue. Et puis tout à coup… je te retrouve mouillée dans une affaire de meurtre ! Sacré coup de bol ! Alors comme ça, tu as buté un flic ?

Valberg essayait tant bien que mal de contenir sa rage. Il tremblait. Son visage était cramoisi. Le feu qui brûlait s'était transformé en brasier depuis son départ. Et ce brasier le consumait.

Elle ne répondit rien. D'une main puissante, il broyait ses deux poignets.

– Bah, ça n'a pas d'importance, ma chérie. Je n'ai pas été trop long à te remettre la main dessus, il a suffi que je pose quelques questions aux bonnes personnes. Les gens sont très serviables, dans la région. C'est bien de se faire tous confiance comme ça ! Jolie maison. Ça doit être foutrement plus sympa d'habiter ici que dans le petit appart de Kópavogur, hein ? Et question sécurité, tu ne fais pas semblant. J'ai galéré pour trouver une issue… Fenêtres et portes verrouillées. J'ai été obligé de grimper jusqu'au balcon et de casser la vitre d'une porte-fenêtre. Je n'ai pas voulu te flanquer la frousse tout de suite, ma chérie. Tu aurais été capable de ne pas entrer. Et j'ai plein de trucs à te raconter, pour que tu ne recommences pas.

– Tu veux… tu veux t'asseoir ? proposa-t-elle.

Nouvelle gifle. Plus forte, cette fois. Des larmes roulèrent sur le visage d'Elín.

– Vas-y, pleure ! Je m'en fous. Tout ça, c'est de ta faute ! Tu n'imagines pas comme j'étais furieux, ma chérie. Furieux et inquiet. Ça ne se fait pas, des trucs pareils, répéta-t-il.

Elle n'osait plus rien dire. Les larmes continuaient de ruisseler.

Il passa une main dans ses cheveux en observant :

– Tu ne les as même pas teints ou coupés différemment. Tu parles d'une planque ! Nouveau nom, nouvelle ville, mais toujours la même tête ! Quand on fait les choses, il faut les faire bien, Elín. Je te l'ai toujours dit. Tu n'es pas assez prudente.

Elle pensa à Gunnar.

Serait-il le seul capable de la sauver ? Elle se mit à prier en silence, à prier pour que Gunnar arrive vite. Ils n'avaient pas fixé d'heure précise, juste cet accord tacite : il la rejoindrait chez elle.

Avec un peu de chance… un peu de chance, il était en route. Dès qu'il sonnerait à la porte, elle hurlerait et se précipiterait dans l'entrée pour ouvrir le verrou. Valberg ne se risquerait pas à les affronter tous les deux, il préférerait s'enfuir…

À cette pensée, elle reprit espoir, mais pas pour longtemps. Elle avait une seule certitude à propos de Valberg : il ne renonçait jamais. Il ne lâchait rien, rien de rien, jusqu'à obtenir ce qu'il voulait. Elle attendait juste que ça se termine, la fin de tout ça. Sa fin.

À la réunion du matin, on a insisté pour que je participe à une activité thérapeutique. J'ai choisi menuiserie. C'était ça ou couture, par exactement mon point fort. Travailler le bois, je sais faire même si je n'adore pas. L'atelier dure deux heures chaque jour et le temps passe avec une lenteur effrayante. Si on veut, on peut mettre la radio, mais ça n'arrange rien. Partout ailleurs, cette musique classique serait agréable, mais ici, elle ajoute une touche de morosité dont on se serait bien passés. Parfois, on entend les dernières nouvelles, ce qui n'améliore pas l'ambiance. Seule la musique un peu plus légère qui passe de temps en temps apporte un peu de détente...

Ce qui est arrivé l'autre jour semble avoir été oublié. Je suppose que je ne suis pas le premier patient à perdre son sang-froid, ni le dernier. Tout de même, j'ai un peu honte de mon comportement. Sans doute ai-je voulu prouver, à ma façon, que je n'étais pas malade... Mais les gens « sains » qui font le « choix » de passer un peu de temps parmi les malades finissent par se confondre avec eux.

J'ai réussi à parler à l'infirmière ce matin. J'ai vu que je l'effrayais. Je lui ai demandé direct : « Pourquoi le Dr Helgi n'a pas voulu me voir, putain ? »

Elle m'a répondu : « Il est occupé. Ou alors j'ai oublié de lui en parler. »

Oublié ! Je ne la crois pas. Elle me ment, je m'en rends bien compte. Soit il n'avait pas l'intention de me recevoir, soit elle a délibérément choisi de ne pas demander de rendez-vous.

Je l'ai plantée là.

Je continue de prendre les médicaments. Aucune possibilité d'y échapper, mais je ne me sens pas bien. Pas bien du tout.

24

Était-ce l'annonce de la mort d'Herjólfur ? Toujours est-il que Gunnar n'avait pu se résoudre à se rendre chez Elín pour tromper sciemment sa femme.

Il était douloureusement conscient de son sens aigu de la culpabilité, tant il mourait d'envie de se retrouver dans le lit de son adjointe.

Il s'était trouvé toutes les bonnes – ou moins bonnes – raisons d'aller chez elle, et pendant un moment sa décision semblait irréversible, comme gravée dans la pierre. Il l'avait bien mérité, se disait-il. Il avait attendu assez longtemps. Le désintérêt de sa femme l'y avait poussé…

Toute la journée, la tension et l'excitation l'avaient empêché de se concentrer sur son travail. Le décès d'Herjólfur ne l'avait pas particulièrement affecté au début, mais il avait fait de son mieux pour épouser la réaction convenable – quelle qu'elle puisse être. Le manuel de savoir-vivre pour des situations aussi cauchemardesques n'existait pas… Sous le choc, tout le monde paraissait anesthésié. L'ambiance dans les bureaux était complètement plombée. Par respect pour le défunt, chacun parlait à voix basse, les yeux rivés vers le sol. L'article sur Elín n'avait pas aidé à dissiper l'anxiété ambiante. Gunnar avait tenté de désamorcer la situation en envoyant un e-mail général pour expliquer que la maire adjointe avait collaboré à l'enquête, qu'elle n'était en aucune manière considérée comme suspecte – mais il avait des doutes sur le résultat produit.

C'est seulement après être rentré chez lui – assez tôt –, s'être douché puis changé qu'il avait senti sa conscience le tarauder. Tous les prétextes qui avaient nourri ses pensées dans la journée, toutes ses tentatives de justification lui semblèrent dérisoires quand il entendit la voix de son épouse au téléphone. Car oui, juste avant de se précipiter dans le lit d'une autre, il l'avait appelée sur une impulsion subite. Assis par terre dans le salon, il avait composé le numéro pour la Norvège.

Elle avait décroché presque aussitôt – c'était inhabituel – et avait pris le temps de parler de choses anodines. Comme si elle avait, d'une façon ou d'une autre, senti l'urgence derrière ce coup de fil. Senti le danger qui menaçait leur couple. L'avenir fragile de leur relation qui reposait sur cette conversation triviale.

La discussion dura une demi-heure. Une coquette somme pour un appel international entre téléphones portables, mais un prix justifié : car juste après avoir raccroché, Gunnar s'était levé, avait retiré les vêtements élégants censés impressionner Elín et s'était étendu sur le canapé pour réfléchir. Il avait été à un cheveu de commettre l'irréparable.

Il aurait dû lui téléphoner pour s'excuser, s'expliquer sincèrement. Mais ça pouvait attendre. *Ça attendrait*, décida-t-il. Pour l'instant, il se sentait incapable de penser à elle – alors lui parler…

Il resta allongé sur le canapé. Le visage tourné vers la fenêtre, il regardait l'obscurité s'épaissir mais sentait se lever en lui une clarté nouvelle.

25

– On peut s'asseoir ? finit par demander Elín. Lâche-moi, maintenant. Tu me fais mal…

– C'est l'idée ! railla Valberg.

Sa voix et ses yeux vibraient de colère. Elle savait d'expérience qu'il était sur le point d'exploser. Il fallait à tout prix qu'elle le calme, qu'elle gagne du temps jusqu'à l'arrivée de Gunnar. Valberg était capable des pires excès.

– Allez, on s'assoit, répéta-t-elle aussi fermement qu'elle le pouvait. On va parler. Laisse-moi. Je ne vais pas m'enfuir…

Il desserra son emprise.

– Tu as intérêt. Si tu tentes quoi que ce soit, je te tue. Je te jure que je te tue.

– Je ne vais rien tenter…

Et, puisant dans ses dernières forces, elle ajouta :

– … mon chéri.

– Je sais que tu n'en penses pas un mot ! hurla-t-il. Sinon tu ne m'aurais jamais quitté !

Une fraction de seconde, il parut vulnérable, mais Elín prit soin d'éviter son regard.

Il lui lâcha les poignets mais resta près d'elle, à portée de main.

Elle s'avança lentement vers la table de la cuisine.

– Ici ?

Il hocha la tête.

– Et ne tente rien ! prévint-il en la poussant vers une chaise.

Surprise, elle perdit l'équilibre et, dans sa chute, heurta de l'épaule un coin de table. Elle se releva en essayant de masquer sa douleur.

Il était dangereux. Sa jouissance à la voir souffrir n'avait jamais été aussi intense. Elle s'assit péniblement, l'épaule ankylosée.

– Je ne suis pas venu te récupérer. Je sais que c'est fini entre nous. Mais personne n'a le droit de me traiter comme tu l'as fait et tu vas payer pour ça. Traverser le pays pour commencer une nouvelle vie, t'enfuir ! Tu devrais avoir honte…

– Tu veux boire quelque chose ? demanda-t-elle prudemment. Je crois qu'il doit me rester une bière…

Valberg semblait malheureusement ne pas avoir touché une goutte d'alcool. Cela avait tendance à l'abrutir et il ne le savait que trop.

– Non. Pas de bière.

– Est-ce qu'on pourrait revenir en arrière, Valberg ? Tout recommencer à zéro ?

Ses propres mots la répugnaient, il était répugnant. Comment avait-elle pu être assez folle pour accepter de vivre avec lui ? Pourquoi n'avait-elle pas déguerpi dès la première minute où il avait levé la main sur elle ?

Il restait silencieux.

– Comment ça va, au boulot ? fit-elle, essayant de paraître normale.

– Comme si tu en avais quelque chose à foutre ! Mais puisque tu me poses la question, ces connards m'ont viré. Les enfoirés !

Le cœur d'Elín marqua un temps d'arrêt. Sans cadre stable, il risquait d'être encore plus incontrôlable.

Elle jeta un œil sur l'horloge au mur. Elle avait proposé à Gunnar de passer « après le travail »... Plutôt flou comme concept. Elle était rentrée chez elle plus tard que d'habitude et il avait quitté l'hôtel de ville avant elle. Il allait forcément arriver... Elle avait posé son téléphone dans l'entrée. Trop loin pour l'attraper. Valberg l'intercepterait avant. Elle était en bonne forme physique mais un corps-à-corps avec lui ne laissait aucun doute sur l'issue.

– Tu es sérieuse ? demanda-t-il d'une voix cassante.

Sa question l'arracha à ses pensées.

– Quoi ?

– *Tu es sérieuse ?* Quand tu parles de tout recommencer ?

Allait-il tomber dans le panneau ? Avait-elle trouvé le moyen de s'en tirer – du moins pour le moment ? Peut-être pas indemne, mais toujours vivante ? Sa joue la lançait et sa douleur à l'épaule empirait. Elle mit toute sa force de conviction dans sa réponse :

– Oui, bien sûr. Bien sûr...

Il se releva d'un coup et sa main s'abattit sur son épaule.

– Alors prouve-le !

La souffrance était pire que tout ce qu'elle avait enduré jusqu'à présent. Son corps était à bout. Les larmes jaillirent.

– Allez, bouge !

Il la poussa devant lui vers l'escalier.

– Monte !

– Pourquoi ? demanda-t-elle entre deux sanglots. Où on va ?

– Dans la chambre, abrutie ! Puisque tu veux une seconde chance, tu sais ce qu'il te reste à faire !

Elle perçut le sarcasme dans sa voix. Non, pas ça. Elle refusait d'aller aussi loin. Ce serait un viol, rien d'autre qu'un viol.

– Attends…

– Non ! Allez, monte !

Ils étaient à mi-chemin dans l'escalier.

– Pas maintenant, mon chéri…

Il continuait de la pousser devant lui.

– Pas tout de suite… répéta-t-elle en s'arrêtant.

– Pas tout de suite ? Je le savais, tu mens ! Putain, je le savais ! Salope ! Tu mens comme tu respires !

Il l'attrapa par l'épaule et la tira en arrière. Elle lâcha la main courante et Valberg s'écarta pour la regarder chuter lourdement sur les marches. Incrédule, Elín sentit son cœur marteler sa poitrine et réfléchit à toute vitesse dans cette fraction de seconde entre la vie et la mort. Son hurlement de panique résonna pendant qu'elle dévalait l'escalier. *Je ne veux pas mourir…*

Il y a des cercles dans la salle de bains. C'est étrange. On dirait un papier peint hallucinogène : des cercles, des cercles, encore des cercles... Mais on s'y habitue. Comme on s'habitue à tout. À la merde insipide qu'ils appellent de la nourriture. Ou au fait d'être ignoré.

Mon corps se révolte contre les médicaments mais je ne renonce pas. Sans cesse, je demande à voir le médecin, mais personne ne me répond. Je dois faire attention à ne pas me laisser submerger par la colère, rester calme et poli. L'infirmière a promis de lui parler mais rien ne se passe.

J'essaie de ne pas me mêler aux autres patients. Ça peut passer pour de l'arrogance. Ou pour un caractère asocial. Mais je vois ça autrement. Je n'ai aucune intention de faire partie de ce groupe. Je dois rester ici le temps de me remettre d'aplomb, pour retrouver un sens à ma vie et pour que mon père me pardonne. C'est sans doute difficile à croire mais, ici, on peut réellement se créer un monde à soi, ne parler à personne sauf en cas de nécessité absolue. D'ailleurs, nous ne sommes pas nombreux à avoir envie de bavarder. Chacun a ses problèmes. Les rares qui éprouvent un besoin compulsif de s'exprimer – ils sont deux ou trois – se sont trouvés depuis longtemps et passent toute la journée dans la salle commune, dans leur coin. Je les évite. Et eux aussi.

26

Ari Thór rentra chez lui pour le dîner. Il avait besoin d'un moment de détente avant de retourner au poste à 21 heures. Tómas devait superviser une réunion avec tous les officiers de la région Nord impliqués dans l'enquête, en liaison téléphonique avec l'équipe de Reykjavik. Un policier avait été tué, le coupable devait être arrêté. L'opinion publique l'exigeait, à en juger par l'attention générale portée à l'enquête. Un tel drame ne pouvait s'être produit en Islande, le pays le plus pacifique au monde. Les plus vindicatifs étaient les policiers eux-mêmes, qu'ils soient officiers ou simples agents. Même Tómas était affecté. Leur légitime fureur trouvait sa source dans une sorte d'instinct de préservation. Sans être jamais prononcées, les phrases « Ça aurait pu être moi », « Je pourrais être le prochain » étaient dans toutes les têtes. Elles sous-tendaient leur rage, inconsciemment ou non.

Ari Thór avait pu rentrer chez lui à condition que le numéro du poste de police soit transféré sur son portable, pour donner le temps à Tómas de préparer sereinement la réunion. La plupart des appels étaient sans urgence : pour l'essentiel des journalistes, et toujours les mêmes. Personne ne voulait passer à côté d'un scoop. De temps en temps, des gens téléphonaient, prétendant détenir des informations cruciales sur l'affaire... Certains étaient même persuadés d'avoir résolu le crime – des explications souvent tirées par les cheveux. Pour finir, un homme entré en communication avec l'au-delà avait un message à transmettre de la part d'Herjólfur. Ari Thór notait scrupuleusement les détails de chaque témoignage, même si aucune des informations ne lui semblait fiable jusqu'à présent, ou susceptible de relancer l'enquête.

Il avait remarqué que les habitants de Siglufjördur avaient pris ce meurtre de façon très personnelle. Ari Thór les comprenait. Non seulement l'idée d'habiter le pays le plus sûr du monde se révélait être un mirage, mais Siglufjördur était devenu l'épicentre d'une menace inédite et sourde. La paisible petite ville s'était métamorphosée en antre du crime, son innocence envolée.

Ari Thór et Kristín dînaient dans un silence presque total. Stefnir dormait déjà quand son père était rentré ; Kristín paraissait épuisée par cette journée passée à s'occuper de son fils.

Ils regardèrent le journal télévisé. L'« affaire Herjólfur » monopolisait toujours les gros titres, ayant désormais accédé au statut d'enquête criminelle depuis la mort de l'inspecteur. Sa carrière était relatée avec force détails, une photo prise des décennies plus tôt occupant tout l'écran.

– Stefnir était en pleine forme, aujourd'hui, dit soudain Kristín. Et toi, ta journée ?

Le manque d'intérêt manifeste dans sa voix vidait la question de son sens.

– Bien chargée. Tómas est plus exigeant qu'autrefois. Ça n'est pas une mauvaise chose, c'est juste épuisant.

– Tu devrais te coucher tôt ce soir, dit-elle d'une voix atone.

– J'aimerais bien ! soupira-t-il. Mais je dois retourner au poste pour une réunion.

– Encore ? Tu ne peux pas faire une vraie pause entre tes services ?

Son agacement était perceptible.

– Si, mais…

La sonnerie du portable l'interrompit à point nommé.

Le journaliste à l'autre bout du fil se présenta si rapidement qu'Ari Thór ne comprit pas son nom.

– On va mettre sous presse, annonça-t-il. Quoi de neuf ? Des infos pour nous ?

Ari Thór grommela, prit une profonde inspiration pour laisser son interlocuteur mariner un peu. Puis :

– Non, non. Rien de nouveau.

– Vousmerappelezdèsqueçabougeok ?

– Entendu, on vous tient au courant, répondit-il.

Il raccrocha et se tourna vers Kristín.

– Désolé, chérie…

– Je vais me traîner jusqu'au lit, dit-elle d'une voix lasse.

– Déjà, vraiment ? Attends, ne…

Le téléphone, encore.

– Oui ? râla-t-il.

Tout en triturant son portable, il murmura à Kristín :

– Ne monte pas tout de suite…

– Allô… c'est la police ? Je suis bien à Siglufjördur ?

C'était une voix de femme, très faible, prudente.

– Oui ! répondit-il en essayant désespérément d'accrocher le regard de Kristín.

– Je m'appelle… Ása.

– Comment ? Ása ?

Il griffonna le nom sur un bloc-notes, comme le voulait la procédure.

– Je n'étais pas sûre… alors…

La voix était lointaine, presque inaudible.

– Oui ? répéta Ari Thór, agacé.

La patience de Kristín s'amenuisait à vue d'œil.

– Voilà… j'aurais voulu vous parler d'un malade à l'asile psychiatrique… mais je ne sais pas si je dois vous appeler. Je n'en suis pas sûre…

Ari Thór leva les yeux au ciel.

– L'asile psychiatrique ? C'est là que vous êtes ?

– Quoi ? Non… enfin si. Je suis infirmière.

– Et ce malade, qu'est-ce qu'il a ?

– Ah, oui…

Et elle replongea dans le silence.

– Écoutez… je vous rappellerai plus tard. Peut-être. Je ne suis pas sûre d'avoir le droit de parler des patients… c'est une erreur.

– OK, merci ! dit Ari Thór, soulagé que la conversation s'achève.

Il raccrocha. Kristín s'était levée.

– Attends, mon ange… Tu n'as pas envie qu'on… tu sais… profite de l'occasion ? Stefnir est endormi, moi, je suis là…

– Pas maintenant, Ari Thór. Je ne suis pas d'humeur. Trop fatiguée.

Kristín lui tourna le dos et sortit sans un regard ; il avait juste eu le temps d'apercevoir son profil avant qu'elle ne monte l'escalier et disparaisse à l'étage. Il aurait juré avoir vu des larmes dans ses yeux. Pleurait-elle ? Pourquoi ? Que se passait-il, bon sang ? Qu'est-ce qui pouvait la bouleverser à ce point ?

Je ne me suis pas levé ce matin. Je n'ai pas pris mon petit-déjeuner, je me sentais tellement malade... J'ai la nausée, je ne veux pas me retrouver au milieu des autres. J'ai encore réclamé qu'on me change mes médicaments – en vain. Il faut que je parle à mon médecin, à n'importe quel médecin. Plus facile à dire qu'à faire. J'ai appris qu'il était passé hier mais l'infirmière n'a pas eu l'occasion de lui parler de moi. Un instant j'ai eu l'impression qu'elle me mentait...

Qu'est-ce qu'elle a contre moi ?

Ása. Je ne sais pas pourquoi je ne lui avais jamais demandé son prénom jusque-là, mais elle s'appelle Ása.

Par la fenêtre de la salle commune, on aperçoit un petit jardin solitaire. Il n'y a jamais personne, l'herbe y est clairsemée et pas entretenue alors qu'on est en plein été. Le ciel est gris, comme si l'automne avait devancé l'appel. J'essaie de voir à travers les fenêtres de l'autre bâtiment en face, au-delà du jardin intérieur. Il y en a trop pour que je puisse les compter. Derrière chacune d'elles, un patient et son histoire malheureuse, sans doute assis derrière sa vitre à regarder le jardin à l'abandon, comme moi.

On ne peut pas vraiment espérer respirer de l'air frais par ici. Je peux entrouvrir un tout petit peu ma fenêtre, mais ça ne sert à rien. L'air épais pèse sur moi, m'oblige à fermer les paupières. Parfois, dans cet endroit chaud et confiné, j'ai l'impression que mes secrets, cette mince veine maléfique en moi, se nourrissent, s'épanouissent comme une fleur dans une serre.

Je crois que je vais me rallonger.

27

En s'écrasant en bas des marches, Elín sentit son poignet céder. D'abord le bruit – un craquement écœurant – puis la douleur qui la submergea par vagues – déchirante, à hurler. Elle réprima un haut-le-cœur. *Reste calme. Respire.* Elle devait garder la tête froide, si possible.

Elle était encore en vie. Elle avait survécu à la chute. Elle entendit Valberg qui, du haut de l'escalier, continuait à déverser sur elle son tombereau d'insultes. La haine avait tordu son visage en une grimace de fou furieux. Démente. Irrationnelle.

Par chance, c'était le poignet droit qui était touché – le même que l'épaule. Le bras gauche et l'autre main étaient toujours mobiles.

Elle avait du mal à se redresser. Chaque centimètre de son corps la faisait souffrir ; elle espéra qu'elle ne s'était rien cassé d'autre. Enfin, elle parvint à se remettre debout. Elle était à peine consciente et dut s'agripper à la rambarde pour ne pas tomber de nouveau ou s'évanouir. Les yeux rivés sur Valberg, en haut des marches, elle luttait pour ne pas perdre l'équilibre. Elle se dit qu'elle aurait dû essayer de fuir dès l'instant où elle l'avait vu, courir dans la rue en hurlant, en criant, en frappant aux fenêtres, bref tout ce qui aurait pu attirer l'attention des voisins. Elle se sentait maintenant incapable de bouger, encore moins de s'échapper ou de donner l'alerte. *Piégée.*

– T'es vraiment bonne à rien, railla-t-il. J'étais en train de t'aider à monter les marches et qu'est-ce que tu fais ? Tu te casses la gueule. Des mensonges, des mensonges et encore des mensonges… Tu n'avais pas l'intention de tenir ta promesse, pas vrai ? Tu n'as pas cessé de mentir depuis qu'on s'est rencontrés. Je m'en rends compte, maintenant.

Elle n'était pas capable d'articuler un mot. C'était à peine si elle pouvait respirer et rester debout.

Valberg ne bougeait pas.

D'une voix étranglée, à peine audible :

– Dégage, salopard. Fous le camp d'ici. Je ne veux plus jamais te revoir.

Elle prenait un risque, mais elle se fichait des conséquences.

– Que je parte ? Maintenant ?

Il descendit une marche.

– Tu plaisantes ? Ça ne fait que commencer…

Elín sentit que l'enjeu des prochaines secondes était une question de vie ou de mort. Si elle restait dans cette position, elle n'avait quasiment aucune chance de survivre. Elle fit timidement passer le poids de son corps d'un pied sur l'autre. *Oui.* Malgré ses blessures, elle pouvait marcher. Peut-être même courir.

Il descendit encore une marche, s'arrêta, la fixa comme un chat fixe une souris. Jusqu'où pouvait-elle aller ? Elle soupesait les possibilités. Dehors : impossible. Le salon : oui. La cuisine : sans doute. Oui, la cuisine. Le long couteau japonais posé à côté du billot. Il faisait partie d'un assortiment qu'elle s'était offert sur un coup de tête, s'imaginant à l'époque préparer elle-même ses sushis. C'était resté à l'état d'idée. Mais ce matin, le couteau lui avait servi à couper une pomme. Elle devait passer à l'action, et elle n'avait pas beaucoup d'options.

Elle s'élança, poussée brusquement par la souffrance et par la peur – la terreur à l'état pur. Elle l'entendit descendre les dernières marches derrière elle.

Elle atteignit la cuisine avant qu'il la rattrape, sans perdre le temps de se retourner. Le couteau était là, à portée de main ; elle le saisit et pivota. Valberg la suivait à quelques fractions de seconde. Il pila net à la vue de la lame, le visage blême.

– Tu es folle ma parole ! Pose ce putain de couteau ! On ne veut pas se faire de mal, pas vrai ?

En entendant ses paroles ridicules, l'improbable se produisit : elle sourit. Et la douleur cribla son crâne de mille aiguilles. Tout la faisait souffrir.

On ne veut pas se faire de mal, pas vrai ?

– Tu te casses maintenant, enculé !

La menace du couteau rendait Valberg livide. Japonaise ou pas, comme le vendeur l'avait prétendu, sa lame avait le tranchant d'un rasoir et la pomme de ce matin ne lui avait pas opposé plus de résistance qu'une motte de beurre. *Pourvu qu'il ne remarque pas que je la tiens de la main gauche*, songea Elín. Elle était droitière et pas très certaine d'être capable de le manier habilement, mais elle l'agita devant lui. Les jointures de ses doigts étaient blanches. Il fallait qu'elle détourne son attention.

– Ouais, ouais… j'y vais, dit-il en reculant. Mais je reviendrai, ma jolie. Peut-être même que je vais m'installer ici. Il y a un appart à louer dans la rue ?

– Va te faire foutre ! Je ne veux plus jamais te revoir ! Plus jamais, tu m'entends ?

Le visage de Valberg se fendit en un large sourire – séduisant, spontané. Ce sourire auquel elle n'avait jamais résisté dans le passé. Mais c'était fini.

– Tout bien réfléchi, répondit-il lentement, je crois bien que je vais accepter ta proposition.

– Quoi ?

– De coucher avec moi, tiens ! Dans la chambre… Après tout le chemin que j'ai fait, tu me dois bien ça. Alors, tu en penses quoi ? À moins que tu préfères qu'on le fasse là, par terre dans la cuisine ? Il faut juste que tu poses ce couteau…

Il fit un pas en avant.

– Allez, donne-moi ce couteau… Maintenant !

Saisie de terreur, elle se propulsa vers Valberg, couteau pointé vers son torse. Il passa de l'étonnement à l'incrédulité, recula, se prit les pieds dans le tapis et bascula en arrière. Elle entendit le fracas de son crâne heurtant la table. Puis ce fut le silence.

Figée sous l'effet du choc, le couteau toujours brandi, Elín contemplait celui qui avait été si près de la tuer. Il était étendu devant elle, sans défense, inerte. Un étrange sentiment de calme l'envahit tandis qu'elle essayait de voir s'il était mort. Elle se pencha vers lui, sans lâcher le couteau, se demandant pourquoi elle n'essayait pas plutôt de s'enfuir ou d'appeler la police.

Il est mort ? Sa poitrine se soulevait et s'abaissait. *Il est vivant.* Le cœur d'Elín s'emballa, si rapide qu'il lui donna le vertige. Tout devint flou tandis qu'elle se répétait ses paroles, d'abord en elle-même puis à voix haute. *Je reviendrai.* Elles résonnaient, s'amplifiaient, d'abord dans son esprit puis dans la cuisine glacée, martelant leur message sans équivoque : *je reviendrai.*

Où irait-elle se cacher cette fois ?

Il allait revenir ! Elle n'était plus capable de réfléchir calmement, logiquement. Alors, poussant un cri désespéré, elle projeta le couteau loin devant elle, se couvrit les oreilles – et perdit connaissance.

Quand elle rouvrit les yeux, elle s'assit sur le carrelage froid de la cuisine et regarda le sang couler en filets sur les carreaux blancs. Une pensée distraite la traversa : le sang mettait plus de temps qu'elle l'aurait cru à coaguler.

Alors, elle se mit à trembler, tout son corps se tordit dans des spasmes incontrôlables. La nausée la submergea et elle vomit. Quelque chose d'affreux venait d'avoir lieu, quelque chose qui ne pourrait jamais être défait. Son corps était une masse douloureuse, son esprit un tourbillon confus. Une seule pensée surnageait, d'une clarté absolue : elle savait, sans l'ombre d'un doute, qu'elle était libre. Enfin libre.

La nuit dernière, je n'ai pas pu fermer l'œil. Putain de traitement... Le petit-déj' n'a pas réussi à me rentrer dans l'estomac : je l'ai recraché dans mon assiette, sous le regard dégoûté des autres. Leur réaction n'a rien arrangé et j'ai piqué une crise de nerfs. Personne n'a été blessé, Dieu merci, mais ça n'est pas passé loin. Je ne sais pas ce qui m'a pris. Je voudrais croire que c'est à cause des circonstances, des médicaments...

Ils s'y sont mis à deux pour me calmer, à califourchon sur moi. Maintenant, je suis de nouveau sous surveillance. Peut-être que je l'ai toujours été. Peut-être que je devrais toujours l'être.

28

Elín attendit un peu avant d'appeler la police. Elle avait un besoin vital de se ressaisir. De réfléchir soigneusement à la suite des événements.

L'autre salaud était bien mort, raide mort. Elle n'éprouvait rien d'autre que du plaisir, une aura de chaleur qui imprégnait toutes ses sensations. Le choc surviendrait forcément plus tard – il y aurait un choc. Tuer un homme n'avait rien d'ordinaire ou d'anodin. Mais son soulagement avait quelque chose d'euphorisant. Elle secoua la tête, comme pour s'éveiller à la réalité de la situation.

Elle devait accepter ce fait : elle avait tué Valberg. S'agissait-il d'un meurtre ? Ç'aurait été tellement plus simple si sa chute l'avait achevé. Elle tira distraitement sur un fil du tapis. Ce tapis qu'elle avait failli jeter, quelques jours auparavant, car il glissait trop sur le carrelage lustré…

Elle était parfaitement consciente de l'urgence qu'il y avait à retrouver sa concentration.

Quoi qu'elle ait pu faire, elle ne ressentait aucune culpabilité. Elle pouvait vivre maintenant. Vivre en paix. Il n'aurait jamais renoncé à aller au bout de son plan. Bien sûr, on l'aurait sans doute envoyé sous les verrous pendant quelque temps, pour effraction et actes de violence, mais la sentence n'aurait pas été suffisamment lourde et Elín aurait passé le restant de ses jours à le fuir. *Ça n'était pas une vie.*

Tout cela était justifié. Le choc de sa tête sur le carrelage aurait tout aussi bien pu lui être fatal. Et puis, elle avait agi en état de légitime défense. Peut-être pas au sens strict, mais c'était au minimum un *légitime* instinct de conservation. C'était tout aussi recevable.

Elle n'était pas dans son état normal quand elle l'avait poignardé, c'était évident. Elle ne se souvenait pas de son geste et se raccrochait à cette idée comme à une planche de salut. Cela justifiait tout à ses yeux : le droit de dormir la nuit, celui de vivre une existence normale de personne normale – elle n'était pas une meurtrière.

Ces pensées tournaient en boucle dans sa tête quand elle récupéra son téléphone. Elle composa le numéro mais s'arrêta là. Pas tout de suite. Qu'est-ce qu'elle allait raconter à la police ?

La vérité ? Elle avait tué un homme de sang-froid mais ne se souvenait de rien ? La croiraient-ils ? Peut-être. Mais pas avant un long procès, pas avant d'avoir été exposée aux yeux de tous. Elle ne voulait pas aller en prison. C'était hors de question, ce serait injuste. Valberg était entré chez elle par effraction, il l'avait menacée, frappée, il s'apprêtait à la violer et certainement à la tuer… Mais le rapport de forces s'était inversé. C'était incroyable qu'elle ait réussi à sauver sa peau et à empêcher ce monstre sans pitié de la ramener dans son enfer.

Aucun doute n'était permis. Les marques qu'elle portait sur le corps en témoignaient.

Elle se décida à appeler.

Je ne peux faire confiance à personne ici. Ce matin, on m'a proposé de descendre dans le jardin avec les autres mais je n'avais pas envie. Combien de temps s'est écoulé depuis ma dernière sortie ?

Personne ne m'a rendu visite : telle est ma pénitence. Papa n'aurait pas pu tolérer que ce genre de comportement reste impuni. Chez nous, la tentative de suicide, c'est interdit, c'est déplacé.

Les journées passent lentement, sans doute parce que je refuse catégoriquement de prendre part à toute espèce d'activité sociale. Je n'ai rien en commun avec ces gens, rien !

Les résidents jouent aux cartes, boivent du café et fument. Oui, tout à fait : ils fument ! Un épais brouillard flotte dans la salle commune et dans le salon télé. Comme je fume rarement, et qu'aucun de mes parents n'a jamais touché à une cigarette (dans ma famille, la nicotine est aussi mal vue que le suicide), je ne suis pas habitué à cette atmosphère affreuse. Chaque jour, les patients reçoivent leur dose de cigarettes et en usent pleinement. Le résultat, c'est que je me sens de moins en moins bien – et comme je n'étais déjà pas très en forme au départ...

Peut-être que la meilleure façon de combattre, c'est simplement de me mettre moi aussi à fumer. Le café est devenu mon meilleur ami, preuve que l'on peut s'habituer à presque tout. Mais pas vraiment à tout, sans quoi je ne serais pas là.

29

La porte de la maison était ouverte. Ils entrèrent à pas prudents, Tómas en tête et Ari Thór juste derrière.

C'est le centre d'appels d'urgence qui avait reçu le coup de fil et l'avait aussitôt transmis au poste de police de Siglufjördur. Ari Thór était encore chez lui, l'appel avait été transféré vers son portable.

Elín avait décliné son identité. Sa respiration était haletante, ses propos confus.

– Vous devez venir tout de suite ! Il est mort !

– Qui est mort, Elín ? avait demandé Ari Thór d'une voix maîtrisée.

– Valberg. Mon ex. Il est… il est entré chez moi par effraction… Il a… il a essayé de me tuer ! Venez vite, maintenant !

L'homme étendu sur le carrelage de la cuisine était bien mort, la mare de sang qui s'était formée autour de son corps en témoignait assurément. Ari Thór sentit son estomac se tordre sous l'effet d'un spasme. Le long couteau planté dans la poitrine du mort n'arrangeait pas les choses. Puis il vit Elín, accroupie par terre. Son poignet formait un angle improbable.

Il jeta un coup d'œil vers Tómas, qui lui fit un signe de la tête. Ari Thór s'approcha d'elle.

– Elín… Elín…

Elle leva les yeux puis essaya de se remettre debout. Elle s'y prenait bizarrement, d'une seule main. L'autre main et l'autre bras ne semblaient plus répondre. Ari Thór remarqua une marque de coup sur sa joue.

– Ça me fait tellement mal, se plaignit-elle une fois relevée. Il m'a jetée dans l'escalier… je dois aller à l'hôpital.

– Pouvez-vous nous raconter ce qui s'est passé, d'abord ?

Des ambulanciers venaient d'arriver dans la cuisine. Ils approchèrent d'Ari Thór.

– Il m'a frappée, souffla-t-elle. Encore. Et encore… Ensuite il m'a poussée contre la table. Je ne peux plus bouger le bras…

Nouveau soupir. Elle inspira profondément.

– Quand il m'a jetée dans l'escalier, j'ai eu l'impression… Je crois que mon poignet est cassé. J'ai mal, c'est atroce…

Elle laissa échapper un gémissement.

– Et la tête ? Vous souffrez aussi ? demanda un ambulancier.

– Oui. Je me suis évanouie en tombant par terre.

– On vous emmène tout de suite, alors.

Mais Ari Thór ne l'entendait pas ainsi. Il activa son dictaphone.

– Elín, pouvez-vous rapidement nous dire ce qui s'est passé ici ?

– Bien sûr que oui ! hurla-t-elle. Il a essayé de me tuer !

Puis, baissant la voix :

– Pardon…

– Ce n'est pas grave. Continuez, si vous pouvez.

– Il était déjà là quand je suis rentrée chez moi.

Sa respiration était brève et saccadée.

– Il est passé par le balcon et il a cassé une vitre. J'ai essayé de me défendre mais il était trop fort. Il m'a traînée dans les escaliers… et une fois en haut, il m'a poussée.

Elle geignit, à bout de forces.

– Il faut qu'on se dépêche, insista un autre ambulancier.

Ari Thór n'en avait pas terminé.

– Et ce coup de couteau, comment c'est arrivé ?

– J'ai réussi à atteindre la cuisine et j'ai attrapé le couteau… mais il était rapide : dès que je me suis retournée, il s'est jeté sur moi…

Elle se mit à sangloter.

– … il a dû s'empaler sur la lame. Je ne voulais pas… C'est un homme que j'ai aimé… Mais j'étais obligée… obligée de me défendre.

Elle étouffa des pleurs. Il y eut un silence.

– Vous comprenez ? hurla-t-elle. Il allait me tuer !

Pourquoi tout est aussi lugubre, ici ?

Linoléum gris anthracite, portes sombres, tout est si tristement fade, sauf cet orange de taré dans ma chambre.

La nourriture a un goût de merde. Je me sens comme une merde.

J'ai envie de partir d'ici mais pas du tout de rentrer à la maison.

Je me rappelle la première fois que j'ai vu mon père frapper ma mère. Naturellement, il y en avait eu d'autres avant, c'était juste la première fois en ma présence. La première fois qu'il a perdu son sang-froid devant son unique fils.

On était à Noël. Assis dans mon coin, j'étais occupé avec un jouet que je venais de déballer. Le bruit m'a fait lever la tête. Je ne comprenais pas ce qui avait déclenché le coup car mes parents n'étaient pas en train de se disputer. Ce n'était pas le genre de ma mère. De toute évidence, elle lui avait dit quelque chose qu'il n'avait pas aimé. Ça suffisait.

Il a fait exactement comme si je n'étais pas là. Je suis resté assis, paralysé, regardant sans comprendre. J'avais l'impression d'observer deux inconnus. Il y a eu d'autres coups. Je ne sais pas combien précisément, mais plus qu'une personne devrait jamais pouvoir en encaisser.

J'avais l'impression que c'était moi que mon père frappait.

Le pire, c'était le silence. Le silence qui précédait chaque coup. Comme une accalmie avant la tempête.

Je me rappelle l'éclat dans les yeux de Papa quand il s'est finalement rendu compte de ma présence. Je n'avais jamais rien vu de tel. J'étais terrifié. Je n'irai pas jusqu'à dire que j'ai vu le Mal dans son regard, ce serait trop théâtral. Quel autre mot ? La colère ? Non... La fureur. Une fureur incontrôlable. Voilà, oui : incontrôlable. Il n'avait plus aucun contrôle sur lui-même, et c'était le plus choquant. M'apercevoir que cet homme d'un naturel policé, certes strict avec moi mais toujours aimable, pouvait se métamorphoser en monstre.

Un monstre. Je n'ai jamais utilisé ce mot pour parler de Papa et j'ai honte de l'employer aujourd'hui, mais cela me libère de pouvoir l'écrire. Ici, personne ne peut me toucher.

30

Dans la soirée, Kristín avait reçu un coup de fil inattendu. Ce médecin qui la troublait depuis des semaines l'avait appelée d'Akureyri. La raison de l'appel était parfaitement innocente : une demande de relève pour le lendemain. Mais ce genre de requête ne se faisait pas entre collègues normalement, c'était le service administratif qui s'en chargeait. Elle s'autorisa à prendre ses rêves pour des réalités et imagina qu'il avait saisi ce prétexte pour entendre sa voix.

Leur conversation s'était prolongée plus que nécessaire. Stefnir dormait et Ari Thór était de service, comme toujours. Elle n'avait donc pas mieux à faire que s'offrir ce petit flirt par téléphone. Ça ne portait pas à conséquence. Elle avait du mal à réaliser qu'ils avaient parlé une heure mais son téléphone était catégorique : cinquante-sept minutes.

Ils avaient discuté de tout et de rien : combien il aimait vivre à Akureyri, ce qu'il faisait en dehors du travail, dans le froid et l'obscurité. Il avait avoué que depuis son divorce, il n'avait pas rencontré d'autres femmes. Cela prenait du temps de s'en remettre, même s'il avait été évident depuis le début que son mariage était voué à l'échec.

Ces cinquante-sept minutes avaient été plus intéressantes que tous ses échanges avec Ari Thór des derniers mois. Le médecin se livrait plus facilement, et elle reconnaissait volontiers qu'elle s'était montrée plus ouverte et encourageante avec lui qu'avec Ari Thór.

Avant de réaliser ce qui se passait, elle avait accepté de dîner avec lui le lendemain soir, après sa garde. D'un ton amusé, il lui avait dit ne pas avoir d'amis à Akureyri et s'était plaint de dîner trop souvent seul. En acceptant, elle lui laissait implicitement l'initiative du prochain pas. Mais c'était juste un dîner, se répétait-elle. Ça n'irait pas plus loin.

Il n'était pas nécessaire d'en parler à Ari Thór pour autant. Mieux valait éviter qu'il se fasse des idées.

Un frémissement d'exaltation la parcourut. Elle se ressaisit et fit taire la petite voix culpabilisante de sa conscience. Un souvenir amer lui revint : cette aventure d'Ari Thór avec une fille de Siglufjördur… Il serait mal placé pour lui reprocher de partager un repas innocent avec un collègue… Mais ce rendez-vous n'avait rien d'innocent. Si Ari Thór découvrait qu'elle l'avait trompé – ou ne faisait que le soupçonner –, cela risquait de réveiller en lui une colère dont elle n'avait aucune envie d'être témoin.

L'alcool est rarement le déclencheur de la violence – un fait déjà perturbant en lui-même. Il arrive à Papa d'accompagner ses repas d'un verre de vin rouge, ou de s'accorder un whisky les soirs où il n'est pas de garde. Mais ses coups les plus lourds tombent lorsqu'il est sobre. Alors, sa colère explose avec une ardeur redoublée. L'alcool anesthésie, adoucit. Parfois, je regrette – et c'est terrible d'en arriver à regretter ça – qu'il ne soit pas alcoolique. La vie serait plus simple.

J'ai pensé à boire, moi aussi, mais je ne crois pas que ce soit la solution. Je n'ai jamais cherché à fuir, pas avant que je touche le fond et que j'atterrisse dans ce service. C'est arrivé si vite, de manière si imprévue... J'espère que je pourrai guérir aussi rapidement.

Le plus douloureux, en toute franchise, c'est d'être incapable d'entretenir une relation tendre et sincère avec mes propres parents. Papa est si lointain. On dirait qu'un golfe nous sépare, et ce golfe s'élargit un peu plus chaque fois qu'il se sert de ses poings. Ma mère, elle, ne réagit pas. Elle s'éloigne à sa façon, se recroqueville dans sa coquille. Elle a renoncé, et ça, ça n'est pas tolérable.

31

Après avoir examiné Elín et plâtré son poignet, le médecin avait laissé la place à deux policiers qui avaient pris sa déposition. Elle avait eu de la chance : une intervention chirurgicale n'était pas nécessaire. Malgré l'insistance du médecin qui voulait qu'elle passe la nuit en observation à l'hôpital, elle avait tenu à partir, se prétendant suffisamment d'attaque. Elle aurait bien sûr dû plutôt suivre son conseil.

Ses côtes fêlées ne nécessitaient pas de traitement particulier, et son épaule n'était pas aussi gravement abîmée qu'elle l'avait cru. Mais elle avait tout de même emporté quelques analgésiques car tout son corps la faisait souffrir. Elle avait encore du mal à se faire à l'idée que Valberg était mort, mais un sentiment puissant et animal l'emportait en elle : elle était désormais hors de danger.

Elle redoutait cependant les suites de l'affaire et notamment d'être poursuivie pour homicide. Un des policiers lui avait conseillé de prendre un avocat. Elle n'en ferait rien – pas tout de suite. Car, à l'évidence, c'était elle la victime, les policiers partageaient son avis. Ils la croyaient. Pendant toute la durée de l'interrogatoire, elle s'était tenue au plus près de la vérité. D'une *certaine* vérité, en l'occurrence. Ils étaient restés polis, calmes, ne lui avaient tendu aucun piège. Et puis, ses blessures étaient éloquentes. Cet enfoiré était mort et elle avait perçu un accord tacite entre les deux policiers et elle : *restons-en là.*

Compte tenu de la gravité des faits, elle s'était demandé s'ils la placeraient en détention, mais ça n'avait pas été évoqué. Ari Thór avait suggéré qu'elle passe la nuit à l'hôpital, mais elle avait refusé. Malgré les événements, elle pouvait très bien s'occuper d'elle, avec l'aide d'antidouleurs un tant soit peu efficaces. Comme il lui était impossible de retourner chez elle – sa maison était devenue officiellement une scène de crime –, elle n'avait plus qu'une solution : se rendre chez Gunnar.

L'homme qu'elle aimait et qui lui avait fait faux bond au moment où elle avait le plus besoin de lui. Pourquoi n'était-il pas venu, ce soir ? Elle débarquerait chez lui par surprise ; passerait la nuit à lui raconter cette terrible histoire ; il serait rongé par le remords de ne pas avoir été là pour la sauver et, peut-être, sauver la vie d'un homme.

– Elín ?

Gunnar restait interdit devant la femme en piteux état qui se tenait sur le pas de sa porte.

– Qu'est-ce que… qu'est-ce qui s'est passé ?

Il vit derrière elle la voiture de police qui redémarrait. Il la fit entrer et ferma la porte.

– C'est Valberg. Il est mort. Il m'attendait chez moi…

Stupéfait, Gunnar se laissa tomber dans un fauteuil et écouta Elín lui raconter les événements de la soirée – tout en se maintenant à une certaine distance.

– Prends ma chambre, dit-il enfin. Je vais dormir ici.

Elín secoua la tête.

– Ça va aller. Je peux prendre le canapé. De toute façon, je risque d'avoir du mal à trouver le sommeil…

– Allons, voyons… Tu es blessée, tu ne vas pas pouvoir reprendre le travail pendant un bon moment. Prends la chambre. Je ne te réveillerai pas en partant demain matin.

– Si tu insistes, soupira-t-elle.

Elle se sentait trop épuisée pour discuter, mais pas assez pour s'endormir tout de suite. Après tout ce qui s'était passé, l'idée de s'allonger et de fermer les yeux lui semblait insupportable.

Gunnar resta encore un peu dans le salon à parler avec elle, librement, comme deux amis. Rien de plus.

Mais elle sentait que ce n'était qu'une question de temps avant qu'ils n'aillent plus loin.

32

Après avoir déposé Elín chez Gunnar, Ari Thór rentra chez lui. Il était un peu moins de 23 heures, Kristín était déjà endormie. Il en éprouva presque du soulagement. La tension qui s'était accumulée entre eux depuis quelque temps finissait par le parasiter et il avait déjà assez de soucis comme ça.

La sonnerie de son téléphone rompit le silence. Il ne reconnut pas le numéro, mais la voix – usée par des décennies de tabac – était à la fois familière et déstabilisante.

– Ari Thór, mon ami….

– Qui est-ce ?

Mais il connaissait déjà la réponse.

– Addi.

– Qu'est-ce que vous voulez ?

Ari Thór n'essayait même pas d'être poli.

– Je me demandais si vous étiez libre pour discuter un peu…

– Quand ça ? Pourquoi faire ?

– Eh bien, ce soir, ce serait bien. Il est fort possible que j'aie des informations pour vous.

– Vous avez vu l'heure ? Vous ne pouvez pas m'en dire plus au téléphone ?

Il avait du mal à dissimuler son impatience.

– On se calme, mon garçon. Je veux juste causer affaires, compris ?

– Quoi ?

Après une longue journée, et tout en sentant le poids de la fatigue le submerger, Ari Thór était intrigué. Il n'avait aucune confiance en cet homme, mais il pouvait très bien disposer d'informations intéressantes. Quelque chose qui pourrait nourrir l'enquête. Ari Thór devait juste montrer à Addi qu'il ne l'intimidait pas – un homme qui allait avoir soixante ans ! – et que la rencontre se ferait à ses conditions.

– Vous êtes chez vous, non ? Je viens, dit-il.

Pas question de proposer à Addi un rendez-vous sous son propre toit. L'idée même lui répugnait, il ne s'en cachait pas.

– D'accord. Je suis chez moi, comme toujours. Je vous attends.

– OK.

– Ah, autre chose…

– Quoi ?

– Ne venez pas avec Tómas.

Il n'avait pas eu l'intention de prévenir son supérieur mais cette précaution d'Addi l'alarma.

– Pourquoi pas ?

– C'est avec vous que je veux bavarder, Ari Thór, pas avec mon cousin. Ça marche ?

– J'arrive, répondit-il en raccrochant brusquement.

*

L'odeur répugnante de tabac froid était perceptible avant même qu'Addi ait ouvert la porte.

– Entrez.

Il portait le pull en lambeaux de leur première rencontre et affichait un air doucement triomphal.

Ari Thór le suivit dans le salon. Il commençait déjà à regretter sa décision. Le mobilier décrépit et sale lui donnait l'impression d'être tombé dans une faille temporelle, pris au piège dans une vieille maison où rien n'avait changé depuis des années. Ni été nettoyé non plus, d'ailleurs, à en juger par les couches de poussière sur les meubles d'une autre génération.

– Asseyez-vous.

Addi prit place dans le même fauteuil lie-de-vin que le jour où Tómas et Ari Thór étaient venus l'interroger.

Ari Thór resta debout.

– Qu'est-ce que vous vouliez me dire ?

– Je comprends… La famille attend, pas vrai ? Kristín et Stefnir.

– Laissez-les en dehors de ça, compris ? rétorqua Ari Thór, laissant de nouveau sa colère prendre le dessus.

– Du calme, du calme… Vous venez d'arrêter Elín Reyndal, n'est-ce pas ?

– Vous semblez en savoir beaucoup plus que la plupart des gens, Addi. Je suis sûr que vous pouvez remplir les blancs vous-même.

– Les nouvelles vont vite dans un endroit pareil, surtout si vous connaissez quelqu'un qui travaille à l'hôpital… On dit qu'elle a tué un homme, un salopard qui la battait. Elle a bien fait. Elle a bien fait…

Il sourit.

– Vous m'avez demandé de venir pour me balancer les derniers ragots ? s'impatienta Ari Thór.

– Je ne voulais pas vous le dire au téléphone mais je crois que vous et moi, on pourrait conclure un marché.

– Un marché ? Quel genre de marché je pourrais – ou je *voudrais* – conclure avec vous ?

– J’ai des tuyaux. En échange, vous pouvez me rendre un service.

Addi toussa et son sourire revint.

– Le truc, c’est que je veux vous aider à trouver l’assassin d’Herjólfur. On ne tire pas sur des flics. Ça représente un danger pour nous tous.

– Alors, vous savez quoi ?

– Réglons d’abord cette question du marché.

– Je ne passe aucun marché avec personne.

– Tout doux, tout doux. Il suffit d’un accord tacite.

Addi tendit la main.

– Vous me suivez ?

Ari Thór déclina la poignée de main.

– Qu’est-ce que vous voulez, Addi ?

– Que vous nous laissiez tranquille.

– C’est-à-dire ?

– Mes amis et moi, vous nous laissez continuer notre petit business. Rien de grave. Pas de violence, pas de trafic… Juste un petit commerce tranquille. Et vous, vous vous concentrez sur autre chose.

– Un petit commerce tranquille ? Qu’est-ce que vous racontez, Addi ?

– Ne jouez pas les imbéciles. Vous savez très bien…

– Vous êtes dingue ou quoi ?

Ari Thór luttait pour se contrôler, furieux que cet homme ose lui demander de trahir ses principes et d’enfreindre la loi.

– Maintenant qu’Herjólfur est mort, vous allez prendre sa place. Tómas va retourner dans le sud, donc tout ça ne le concerne pas. Il faut qu’on trouve un moyen de travailler ensemble, vous et moi. Je ne vous mets pas de bâtons dans les roues, et en échange, vous fermez les yeux sur ma petite affaire. Et on vit en bonne intelligence, vous pigez ?

Ari Thór s'assit sans rien dire.

– Réfléchissez à ma proposition. C'est du gagnant-gagnant. Vous avez la possibilité de boucler votre enquête et mes amis et moi, on continue à travailler sans être trop embêtés par la police.

– Et ce tuyau ? Vous savez qui a tiré sur Herjólfur ?

– Vous allez réfléchir à mon marché ?

Ari Thór hésita. Jamais il n'accepterait un tel accord. Se ranger du côté d'un criminel avéré, protéger ses trafics, ce serait devenir soi-même un criminel. S'il tordait ou brisait cette règle d'or, il ne pourrait plus regarder Kristín ou son fils en face. Il ne pourrait plus se regarder dans un miroir. Il bougea dans son fauteuil, mal à l'aise. En même temps, serait-ce si grave de lui laisser croire qu'il étudiait sa proposition ? Il avait la responsabilité d'arrêter l'assassin d'Herjólfur. Il le lui devait bien – c'était la moindre des choses. Addi avait aussi mentionné le nom d'Elín. Que savait-il d'elle ? Et de l'affaire dans son ensemble ?

– Eh bien ? Vous y réfléchirez ? répéta Addi.

Il tira sur une autre cigarette et toussa. Des strates de fumée s'amassaient au plafond.

Ari Thór hocha la tête. Aussitôt, une angoisse le gagna. Il venait de signer un pacte avec le diable.

– C'est tout ce que je demande, reprit Addi, plus détendu. La fille, vous l'avez relâchée ?

– Elín ?

– Oui, Elín.

– On l'a laissée repartir, oui. C'est important ?

– Non, pas vraiment. Il faudra juste que vous retourniez la chercher.

– Pourquoi ?

– Elle achète de la marchandise de temps en temps, à ce qu'on m'a dit.

– De la drogue ? À vous ?

– Ari Thór, mon ami…

De nouveau ce petit rire irritant.

– Je ne vends pas de drogue. Je ne suis qu'un vieillard qui touche sa retraite, point. On est bien d'accord là-dessus, n'est-ce pas ?

Il avait parlé plus fort. Il tendit de nouveau la main. Ari Thór, toujours immobile, sentit son corps se couvrir d'une sueur froide.

– Qui ne dit mot consent, marmonna Addi en baissant la main.

On aurait dit un gamin borné et désobéissant. Ari Thór le fixa.

– Qu'est-ce que vous savez sur Elín ?

– Pas de nom, compris ?

Ari Thór acquiesça.

– Et c'est un tuyau anonyme, d'accord ?

– Totalement anonyme.

– Parfois, elle achète des médocs.

– Quel genre ?

– Des antidouleurs. Le genre costaud. Impossible à acheter en pharmacie sans ordonnance.

– Et vous pensez que ça peut avoir un rapport avec le meurtre d'Herjólfur ?

– Peut-être bien que oui, répondit Addi d'un ton allègre.

– En quoi ?

– En général, sa marchandise, elle la récupère dans cette maison… Vous savez, l'endroit où Herjólfur a été tué.

Je hais cet endroit. Je m'y sens mal, physiquement et moralement, et je le déteste. Tenir ce carnet ne m'aide pas à le supporter davantage. Je vois tout en noir et blanc, et je me sens encore plus merdique.

Il y a bien une télé dans la salle commune, mais comme c'est l'été, la chaîne principale est fermée pendant un mois. C'est bien ma veine, être interné dans un service psychiatrique en plein mois de juillet ! Il n'y a pas grand-chose pour rompre l'ennui des journées. Parfois, le soir, on a droit à des « divertissements ». Au début, je refusais obstinément d'y aller, mais aujourd'hui, j'ai craqué.

Les divertissements du soir. Une vieille expression qui fait resurgir des souvenirs anciens. D'une certaine façon, c'est réconfortant. La monotonie porte en elle une idée de fiabilité.

Parfois... à vrai dire, assez souvent... je pense à ma mère.

Si j'avais une sœur, est-ce qu'elle serait comme Maman ? Intelligente, travailleuse, ayant renoncé à donner vie à ses rêves, à ses ambitions ?

Est-ce qu'on commence à ressembler à nos parents dès notre premier souffle ? Les ressemblances se précisent-elles avec le temps ? Ou bien existe-t-il un moment où tout bascule ? Si oui, quand ?

Papa a toujours travaillé sans compter ses heures. Les dernières années, c'était pire encore : davantage de responsabilités, des gardes de plus en plus longues, des absences prolongées. D'autres choses encore.

C'est surprenant ce qu'on peut apprendre, pendant un séjour en service psychiatrique.

33

Malgré l'heure tardive, Ari Thór appela Tómas dès qu'il quitta la maison d'Addi. Il lui rapporta les grandes lignes de leur conversation, sans toutefois préciser les conditions posées par son cousin en échange de ses renseignements.

Il aurait voulu lui demander si le même genre de marché avait été conclu avec lui par le passé, mais il savait qu'il ne pourrait jamais lui poser cette question. Et que Tómas n'y répondrait pas.

Ils s'interrogèrent sur la façon de traiter l'information. Addi était-il une source fiable ? Tómas semblait le croire, mais il serait difficile de préserver l'anonymat de leur informateur. En tout cas, ils avaient une bonne raison de rendre une nouvelle visite à Elín. Cela pouvait-il attendre le lendemain ?

Tómas décida de frapper immédiatement. Ari Thór ne protesta pas, mais il n'aimait pas l'idée d'interroger la maire adjointe si tôt après la terrible épreuve qu'elle venait de vivre.

Ils mirent le cap sur la maison de Gunnar. Ari Thór avait été surpris qu'Elín choisisse cet endroit pour passer la nuit. Elle lui avait expliqué qu'elle avait besoin de se retrouver avec quelqu'un qu'elle connaissait, en qui elle avait confiance. Elle ne semblait pas se préoccuper des rumeurs que les commères locales ne manqueraient pas de colporter.

– Tout ça, c'est un mythe, marmonna Tómas comme pour lui-même tout en conduisant.

Le vent avait gagné en puissance et la météo prévoyait une tempête pour la nuit. Rien d'anormal à cela. Avec les jours qui raccourcissaient à l'approche de l'hiver, le temps pouvait changer de façon spectaculaire, les brusques chutes de neige être suivies d'un dégel rapide ou de trombes de pluie. Même dans l'habitacle robuste de la voiture de patrouille, le vent cinglant du nord se faisait sentir. Ari Thór frissonna et resserra son écharpe autour de son cou avant d'enfoncer les mains dans ses poches. Puis il leva un sourcil interrogateur à l'intention de son collègue.

– Un mythe, répéta Tómas, le visage inhabituellement sombre. On s'imagine vivre dans un pays d'où les armes et la violence sont bannies, mais la réalité est bien différente. Il y a beaucoup trop d'armes à feu en circulation ici. J'ai entendu les chiffres à la radio… Ça confirme ce que je savais déjà. Parmi les personnes que je connais, la moitié possède un permis de port d'armes. L'Islande, un pays paisible, sans violence ? Conneries ! C'est sûr, en surface tout a l'air tranquille, aimable, mais derrière les portes closes, c'est un secret embarrassant que l'on cache. La violence domestique. Et personne ne veut le reconnaître, encore moins en parler.

Ils s'arrêtèrent devant la maison de Gunnar. Tómas coupa le moteur sans cesser son monologue. Ari Thór le sentait affecté ; il valait mieux se taire et le laisser vider son sac.

– Cette raclure a eu ce qu'il méritait… Oui, je sais, je ne devrais pas dire ça, mais je ne vais pas te mentir,

Ari Thór, je suis fatigué et je suis en colère. Voir cette femme dans un état pareil, ça m'a rendu fou.

Tómas reprit son souffle, son visage s'était empourpré.

– Un enfoiré qui ne pensait qu'à faire le mal… Qui sait ? Ce que je peux te dire, c'est que la violence est partout, pas seulement chez la racaille, mais aussi chez les hommes les plus respectables : les chefs de famille qui occupent des postes à responsabilité, les citoyens exemplaires à tout point de vue, sauf quand ils utilisent leurs poings contre leur femme et leurs enfants. Je connais ça. J'en ai été témoin, bien trop souvent…

L'horloge du tableau de bord indiquait presque 1 heure. Ari Thór était à bout de forces et, s'il comprenait la colère de Tómas, il avait aussi un besoin urgent de se reposer, de dormir.

– On ne devrait pas attendre demain matin, Tómas ? La journée a été longue, pour elle comme pour nous. J'imagine qu'elle dort à poings fermés.

Les paroles d'Ottó résonnèrent dans son esprit. Ce n'était sans doute pas très malin de harceler le maire et son adjointe au beau milieu de la nuit. Mais Tómas ne voulait rien savoir.

– On enquête sur un meurtre, et tu sais aussi bien que moi que ce n'est pas un crime ordinaire. Un policier a été tué, Ari Thór. Ne l'oublie pas. Si on doit tirer un suspect de son sommeil, il se fera une raison. Cette affaire est prioritaire. Herjólfur est prioritaire.

Ils sortirent dans le froid. Le vent soufflait si fort qu'il faisait vaciller les réverbères. Englouti par la pénombre, Ari Thór avançait en luttant contre les bourrasques. Pour un peu, il aurait eu hâte qu'arrivent les vraies journées d'hiver, même si la neige qui couvrait alors la ville réveillait encore parfois sa claustrophobie.

Tómas frappa lourdement à la porte. Ils n'attendirent pas longtemps avant que le maire vienne leur ouvrir. Il était habillé, parfaitement réveillé, et avait l'air excédé.

– Qu'est-ce qu'il y a encore ? demanda-t-il, sans chercher à cacher son impatience.

– On doit parler à Elín. Elle est encore ici ?

– Bien sûr que oui. Mais ça ne peut pas attendre ? Vous comprendrez qu'elle n'est pas au mieux pour recevoir de la visite maintenant…

– Juste quelques minutes, insista poliment Tómas.

Gunnar hésita. Ses épaules s'affaissèrent.

– D'accord. Quelques minutes, alors…

Elín était assise dans le salon, les mains serrées autour d'une tasse de café. Elle leva des yeux vides et fatigués vers les nouveaux arrivants. Elle ne dit rien.

Tómas jeta un coup d'œil vers Ari Thór. Devaient-ils l'interroger ici ou l'emmener au poste ?

Regardant d'abord Elín, puis Gunnar, Tómas commença :

– Peut-on se parler en privé ?

Compte tenu des circonstances, Elín répondit avec un calme remarquable :

– On peut parler ici. Et je veux que Gunnar reste.

– Ce n'est pas conforme à la procédure, objecta Tómas, mais son expression trahissait son dilemme intérieur.

Il soupira.

– OK… Si c'est ce que vous voulez…

Ari Thór remarqua que Gunnar s'asseyait assez loin d'Elín, comme pour bien montrer qu'ils n'étaient pas aussi proches qu'on pouvait le croire.

Pendant un moment, personne ne parla. Tómas ne donnait pas l'impression de vouloir mener les débats.

Après tout, c'était Ari Thór qui détenait la nouvelle information, c'était à lui de diriger l'interrogatoire.

Il se lança. Il se sentait mal à l'aise ici – comme un invité imprévu qui débarque en pleine nuit…

– Je… nous avons recueilli un témoignage direct selon lequel vous étiez en relation, Elín, avec un dealer opérant dans la maison où Herjólfur a été tué.

Une grenade lancée au milieu du salon aurait produit le même effet. Elín se raidit, le visage figé par la peur et l'étonnement. Gunnar paraissait stupéfait, horrifié même. Il ne put retenir un cri et resta bouche bée. Les sentiments qu'il éprouvait pour Elín étaient peut-être plus forts qu'on le pensait ?

Elín bafouilla :

– Je… je croyais que vous vouliez parler… de Valberg… des événements de ce soir… Je… euh… je ne sais pas si je dois…

Ari Thór s'attendait à voir Gunnar intervenir, se lever et leur demander de partir. Mais il ne bougeait pas de son fauteuil et restait muet.

Il aurait préféré faire preuve de plus de douceur, épargner à cette pauvre femme des questions visiblement choquantes, mais sa réaction prouvait qu'il avait eu raison d'adopter une approche frontale. Qu'elle les rapprochait un peu plus de la clé du mystère. Et s'ils avaient trouvé la coupable ? Et si Elín avait tué Herjólfur ?

– C'est vrai ? insista-t-il. Vous trafiquiez avec un dealer dans cette maison ?

Elín paraissait tétanisée. Son silence était presque palpable. Elle regardait nerveusement autour d'elle, comme si elle hésitait à passer aux aveux.

– Mieux vaut tout nous dire maintenant, ajouta Ari Thór d'une voix pleine d'empathie. Vous m'avez l'air mal embarquée, Elín, et mentir ne ferait qu'aggraver votre situation…

– Je suis désolée, je n'ai pas menti ! Ce n'est pas de la drogue… non, pas du tout… Je ne me drogue pas. Vous ne pensez quand même pas que j'ai tué votre collègue ? Je n'ai rien à voir avec cette histoire !

Son débit s'accélérait, sa voix tremblait, la terreur se lisait sur son visage.

– Pas de la drogue ? Quoi, alors ?

– Des antidouleurs ! Rien que des antidouleurs, merde !

Elle plaqua les mains sur son visage puis releva la tête. Elle pleurait.

– Pardon… je ne me suis pas encore remise de ce qui s'est passé ce soir. On peut reparler de ça demain ?

– Non, on doit tirer ça au clair tout de suite. Ce serait mieux que vous veniez avec nous au poste…

– Non ! cria-t-elle. Non… je ne pourrai pas. Pas maintenant.

Ses épaules se mirent à trembler.

Ari Thór reprit :

– De quelles doses aviez-vous besoin ? Vous en consommez souvent ? Pourquoi ?

Elle secoua la tête, bredouilla :

– Je ne… Je… Je ne veux pas en parler.

– Est-ce qu'Herjólfur enquêtait sur vous ?

Elín ne répondit rien.

– Il avait découvert quelque chose ?

Il se tourna vers le maire qui semblait ne pas savoir quoi faire, quoi dire, ni même être sûr de vouloir parler. Ari Thór attendit sa réaction – un cri ou une insulte. Devant son silence, il décida de changer de tactique.

– Vous étiez obligée de le tuer ? demanda-t-il calmement à Elín.

Elle se mit à sangloter. Elle semblait au bord de la crise de nerfs. Ari Thór interrogea du regard Tómas qui se contenta de hausser les épaules : il déclinait toute responsabilité, même si c'était lui qui avait insisté pour venir.

– Vous étiez… reprit Ari Thór.

Mais Elín le coupa net :

– Je n'ai rien fait ! hurla-t-elle. Je ne l'ai pas tué !

– Bon, on vous emmène au poste…

– Non ! Je ne veux pas y aller… je n'ai rien fait…

Gunnar réagit enfin, avec plus de sang-froid qu'Ari Thór s'y était attendu.

– Ça suffit maintenant, dit-il en se levant. Vous voyez bien qu'elle n'en peut plus. Je vais tout vous expliquer. Je vais vous dire la vérité. Mais ce sera tout pour le moment. Laissez-la se reposer.

L'espace d'un instant, Ari Thór crut que Gunnar allait s'accuser du meurtre.

– Tout ce que je vous demande, c'est d'essayer de nous comprendre. Bien sûr, ni Elín ni moi n'avons tué Herjólfur. Ça ne nous a jamais traversé l'esprit… Mais c'est mieux de tout vous raconter.

Il faisait les cent pas dans le salon.

– Nous n'avons pas été tout à fait honnêtes avec vous, et j'en assume l'entière responsabilité.

Il soupira.

– C'est vrai qu'Elín s'est procuré des antidouleurs à plusieurs reprises par des circuits… inhabituels. Mais elle l'a fait pour moi.

– Pour vous ? demanda Ari Thór, surpris.

– Voyez-vous, j'ai un état de santé… problématique.

Il agita les mains comme pour dédramatiser.

– Rien de très grave, en fait, mais j'ai besoin de ces médicaments. J'en ai besoin pour vivre normalement, surtout quand je suis sous pression. Les premiers mois ici ont été très stressants. Je sais que Siglufjördur n'est pas la plus grande ville du pays, mais c'est tout de même un boulot difficile. Beaucoup de gens influents veulent que je réussisse et je crois… je crois que j'y suis arrivé, jusqu'à présent.

Gunnar s'arrêta au milieu du salon.

– Et vous envoyiez Elín là-bas pour récupérer votre drogue ?

– Je ne dirais pas « drogue »… Je ne suis pas un toxico… Je fais juste de mon mieux pour gérer ma vie, ce nouveau job, et affronter la débâcle de mon couple. Ça n'a pas été facile. Et je n'envoie personne nulle part. J'ai demandé à Elín si elle acceptait de m'aider. Je m'en tirais bien avant de venir dans le nord mais je savais que sans ces médicaments, j'aurais du mal ici. Parfois je réussis à en obtenir sur ordonnance, mais les antidouleurs prescrits par le médecin ne sont jamais assez forts. Et il m'a donné la dose maximale. Je ne pouvais pas lui en réclamer d'autres, encore plus puissants… Écoutez, je ne savais pas vers qui me tourner, et je ne pouvais pas prendre ce risque tout seul. Moi, le tout nouveau maire, un visage connu…

Ari Thór vit Elín acquiescer.

– C'est vrai, confirma-t-elle à mi-voix. Gunnar m'a demandé de l'aider et j'ai arrangé la situation pour lui. Comme toujours.

– Et Herjólfur enquêtait sur vous, Gunnar ? demanda Ari Thór. C'est pour ça qu'il vous a téléphoné ? Il avait compris ?

– Quoi ? Non, au contraire !

Gunnar regarda Elín.

– Il m'a appelé pour me dire qu'il avait aperçu Elín dans cette maison. Il soupçonnait un trafic de drogues, voire quelque chose de plus grave… Il ne lui était pas venu à l'idée que c'était moi qui l'avais chargée d'y aller…

– Et vous avez décidé quoi ? D'éliminer l'homme qui était sur le point de vous percer à jour ?

– Vous êtes dingue ? Bien sûr que non. Nous sommes des gens normaux. Plongés dans une situation anormale, peut-être, mais enfin, les gens normaux ne tuent personne.

Il lança un regard en coin à Elín, réalisant l'ironie de son propos. Il haussa les épaules.

– Herjólfur devait être sur la piste d'autres personnes qu'Elín, de plus gros poissons – des requins. Des criminels qui risquent gros et sont habitués à la violence. J'avoue, je vous ai menti pour sauver ma peau. Mais mettez-vous à ma place, vous n'auriez pas essayé de cacher un truc pareil ?

Ari Thór repensa à Addi. Et si c'était lui, le requin ?

Enfin, Tómas prit la parole.

– Vous pouvez nous accompagner au poste, Gunnar ?

Il hocha la tête, et paraissait vidé. Il se tourna vers son adjointe.

– Reste ici, Elín. Essaie de dormir un peu.

– On prendra sa déposition demain matin. Mais on commence tout de suite avec vous.

– Et ensuite ? Est-ce que les médias seront mis au courant ? Vous allez… Je veux dire, vous comptez m'inculper de quelque chose ?

– L'enquête va suivre son cours, Gunnar, répondit Tómas d'une voix où perçait la fatigue. Ce qui va se passer n'est pas de mon ressort, mais je vous promets que nous ne donnerons aucune information aux médias à propos de ce que vous venez de nous dire. Il n'en est pas question.

Ari Thór était en poste à Siglufjördur depuis assez longtemps pour savoir que les fuites ne tarderaient pas. Elles pourraient provoquer la démission de Gunnar. À moins qu'il réussisse à étouffer le scandale en faisant des aveux publics et en promettant de régler ses petits problèmes. Ce genre de confession est toujours bien perçu par la population. Dans notre petite Islande, les gens pardonnent aussi vite qu'ils oublient, se dit Ari Thór.

Aujourd'hui, je suis sorti. Pour une journée d'été, il faisait inhabituellement froid – le soleil s'était caché derrière les nuages. Ces temps-ci, on dirait que les nuages me poursuivent.

J'ai enfin pu voir le médecin. Il a accepté que j'arrête ces putains de médicaments et il a promis de me prescrire un autre traitement.

Il a dit : « On ne peut pas continuer comme ça. » Et il a ajouté : « Vous faites peine à voir. »

Il a raison, bien sûr. Je ne m'en étais pas encore rendu compte mais je suis devenu cadavérique. Un peu d'air frais me fera du bien, j'espère.

Un truc bizarre : il ne se rappelait pas mes précédentes demandes de rendez-vous. J'ai du mal comprendre ce que m'avait dit l'infirmière. Elle m'a pourtant toujours juré qu'elle lui parlait régulièrement de mon cas... À moins qu'elle ait oublié – ce serait commode. Il se passe quelque chose de pas net, et je veux savoir ce que c'est.

34

Les infos du matin tournaient en boucle autour de ce nouveau décès à Siglufjördur. Peu de détails pourtant, et peu de noms. Comme le résuma un expert : c'était un drame, pas un mystère. À la surprise d'Ari Thór et aussi, apparemment, de Tómas, un site d'information faisait cependant sa une sur une affaire vieille de dix ans : à l'époque, Herjólfur avait fait l'objet d'une enquête pour corruption, lui et plusieurs collègues étant soupçonnés de recevoir des pots-de-vin de la part de dealers. Rien n'ayant été prouvé, l'enquête avait tourné court. Mais il y avait certainement un lien possible avec l'affaire actuelle.

Ari Thór se rappela sa conversation avec Addi, la veille. Ce fut comme un coup de poing : il comprit combien il était facile – si facile – de franchir la ligne rouge, et éprouva de la compassion envers Herjólfur. Il ne tomberait pas dans ce piège. À la première occasion, il détromperait Addi et lui exprimerait clairement ses intentions. Si Addi croyait avoir conclu un marché confortable avec la police, il allait tomber de haut.

– Ça pue, mon ami, ça pue… commenta Tómas après avoir lu l'article. Et ça nous met dans une posture délicate. On a besoin du soutien de l'opinion publique. Les gens attendent des policiers qu'ils soient intègres.

Des gardiens de l'ordre, bienveillants et protecteurs. Évidemment, on peut tous faire un faux pas ; mais j'espère sincèrement qu'Herjólfur avait la conscience tranquille…

– Est-ce que…

Ari Thór hésita à aller au bout de sa pensée.

– Est-ce qu'Herjólfur aurait pu être impliqué dans une affaire identique ici ?

– Ça m'a traversé l'esprit, répondit Tómas, pensif. Je ne peux pas m'empêcher de penser que ce meurtre cache quelque chose que nous allons bientôt regretter d'avoir découvert. Que nous ferions peut-être mieux de ne *pas* savoir.

– Qu'est-ce que tu racontes ? Évidemment, que nous avons envie de savoir la vérité.

– Ah oui, vraiment ?

Le regard de Tómas se perdit au loin.

– Parfois, il vaut mieux laisser les chiens dormir tranquillement. Les gens doivent à tout prix faire confiance à leur police.

Ari Thór se demanda s'il avait bien entendu. Tómas était-il vraiment aussi cynique ?

– On doit boucler cette enquête, Tómas. Peu importe ce qu'on découvre.

– Ouais… tu dois avoir raison. J'espère juste que la vérité ne va pas être trop dure à encaisser.

– Tu peux vérifier ces soupçons de corruption ? Ton équipe à Reykjavik pourrait être au courant de quelque chose ?

– Je suppose.

Il était presque midi. Ils avaient pris la déposition de Gunnar dans la nuit et celle d'Elín en début de matinée. Naturellement, même en l'absence de preuve directe de culpabilité, ces deux-là étaient considérés comme suspects. La nuit du meurtre, ils disaient avoir dormi chacun chez soi ; ça n'était pas un alibi.

L'intérêt des médias se devinait aux équipes de journalistes toujours plus nombreuses qui se pressaient en ville. Les conditions de circulation étaient inhabituellement bonnes pour la période et ils n'hésitaient plus à faire le trajet vers le nord. Avec les visiteurs qui accouraient en plus grand nombre qu'à la normale des villes voisines, Siglufjördur n'avait jamais connu pareille affluence – beaucoup de ces gens étaient manifestement venus s'imprégner de l'ambiance de mystère.

Ari Thór n'avait pas vu Kristín depuis la veille. Elle était partie travailler de bonne heure, laissant Stefnir à sa nourrice en chemin. Elle était de service jusque tard dans la soirée, avec une longue garde dans la foulée. Il faudrait récupérer Stefnir à 16 heures mais la nourrice pouvait le garder le soir si nécessaire.

Ari Thór avait reçu un message de Jódis, la vieille dame qui connaissait les anciens occupants de la maison délabrée. Elle lui demandait de passer la voir, laissant entendre qu'elle avait une information importante pour lui. Cela ne semblait pas prioritaire et il lui promit de lui rendre visite plus tard, en fin de journée. Il emmènerait Stefnir avec lui. Il espérait toujours que, parmi les vieux secrets pesant sur cette maison, se cachait la clé de la mort d'Herjólfur.

– On interroge Addi ? demanda Ari Thór.

– Addi ? répéta Tómas, étonné. Pour quoi faire ?

Ari Thór avala sa salive.

– Eh bien… après ce qu'on vient d'apprendre sur Herjólfur, ça vaudrait le coup de voir s'il est impliqué d'une façon ou d'une autre ?

– On ne mène pas une enquête d'après des rumeurs, répondit sèchement Tómas.

Tómas avait raison, mais Ari Thór insista, cette fois en partant d'un angle différent, susceptible de le convaincre.

– Addi nous a donné des informations sur Elín, il est évident qu'il est mouillé jusqu'au cou dans ce trafic. Il n'a pas exactement essayé de le cacher quand on s'est parlé hier soir… Il y a sûrement d'autres choses à découvrir.

Tómas hésita.

– Je n'en doute pas… mais où ça va nous mener ? Jusqu'à présent, Addi nous a été très utile. Le tuyau sur Elín s'est révélé fructueux…

– On le convoque quand même, s'obstina Ari Thór. On ne peut pas lui laisser croire qu'il a droit à un traitement de faveur.

– Comme tu veux ! Appelle-le et demande-lui de passer.

– Le message serait sûrement plus fort si on allait le chercher…

Tómas secoua la tête et n'ajouta rien.

*

Addi était assis face à Tómas et Ari Thór. Confiant, mais visiblement furieux d'avoir été emmené jusqu'au poste de police, exposé à tous les regards. Sa colère figeait son visage en un masque blême et il se contentait de répondre par monosyllabes aux questions posées – quand il ne refusait pas, tout court.

– Herjólfur était-il mouillé dans le trafic de drogue à Siglufjördur ? demanda Ari Thór.

Addi haussa les épaules.

Il répéta sa question plus rudement.

– Qu'est-ce que vous savez sur cette histoire, Addi ? C'est possible ?

Nouveau haussement d'épaules.

– Le soir où Herjólfur a été tué, vous participiez au trafic qui se déroulait dans la maison ?

Muet, toujours.

Ari Thór commençait à perdre patience. Les journées à rallonge, le manque de repos, l'enquête de plus en plus complexe et les tensions avec Kristín avaient considérablement abaissé son seuil de tolérance.

– Alors ? Une réponse ?

Addi s'affala sur sa chaise, leva la tête et, d'une voix râpeuse et provocante :

– Je n'arrive pas à croire que vous m'ayez interpellé en pleine rue comme un vulgaire criminel. J'ai déjà purgé ma peine en tôle, merci bien ! Je n'ai rien fait et je n'ai aucun rapport avec ce meurtre. J'ai peut-être un casier mais je ne suis jamais tombé pour des faits de violence. Tu le sais, Tómas, pas vrai ?

Tómas ne fit aucun commentaire mais l'expression sur son visage confirmait les propos de son cousin.

– Je suis même allé jusqu'à vous filer un coup de main, à mettre ma tête sur le billot ! Et comment vous me remerciez ? En m'arrêtant ! Vous n'avez rien contre moi ! De la merde !

– Calme-toi, Addi, intervint Tómas. Personne ne t'a arrêté.

– Ça m'est déjà arrivé plusieurs fois, je sais comment ça se passe, crois-moi !

Il parut se calmer. La colère était un peu redescendue, sans le quitter tout à fait. Il reprit à mi-voix, ouvertement menaçant :

– Je n'oublierai pas comment vous m'avez traité…

Ari Thór croisa le regard glacé d'Addi. Un frisson parcourut sa colonne vertébrale. Addi ne cillait pas et, tout en fixant Ari Thór, lui faisait clairement comprendre qu'ils n'en avaient pas fini tous les deux. Et que la prochaine fois, c'est lui qui aurait le dessus.

35

La vieille dame était manifestement ravie d'avoir de la visite. Devant la table richement dressée, Ari Thór devina qu'elle avait sorti sa plus belle nappe blanche et son service en porcelaine le plus précieux. Les gâteaux, beignets torsadés et crêpes qui garnissaient les plats étaient sans aucun doute faits maison.

– C'est un plaisir d'avoir un invité surprise, dit Jódis en regardant Stefnir.

Ari Thór ne l'avait pas prévenue de sa présence.

– Je ne reçois pas souvent. La plupart de mes amies ne sont plus de ce monde... J'ai surtout des connaissances, maintenant. Les gens que vous avez vus à la salle paroissiale, par exemple.

Ari Thór tenait son fils dans ses bras, au milieu du salon. Jódis habitait un petit appartement à l'étage d'une maison qui paraissait dater des années soixante-dix. Il s'était attendu à la trouver habitant une des vieilles maisons individuelles de la ville, peut-être construite par ses parents, voire la génération précédente. Tómas lui avait bien dit qu'elle était restée toute sa vie fidèle à Siglufjördur, et que sa famille y vivait depuis plusieurs siècles.

– Je vous en prie, asseyez-vous ! Vous n'allez pas rester debout toute la journée... C'est toujours ce qui arrive quand je me mets à parler.

– Tout va bien, la rassura Ari Thór en s'installant à table. C'est magnifique ! J'espère que vous n'avez pas préparé tout ça juste pour nous…

– J'adore faire de la pâtisserie ! C'est une des choses dont je suis *encore* capable et j'apporte toujours quelques gâteaux le matin, à l'église. Je ne peux plus lire autant qu'avant et cuisiner m'occupe. Heureusement, je connais toutes les recettes par cœur !

Elle adressa un clin d'œil à Stefnir.

– J'imagine que vous n'avez pas de chaise haute pour le petit ? s'enquit à tout hasard Ari Thór.

– J'ai bien peur que non, mon ami. Je ne me suis jamais mariée et je n'ai pas eu d'enfant. Mon frère Jónmundur avait un fils, mais il est grand maintenant et il est descendu vivre à Reykjavik. Il ne vient jamais me voir avec ses enfants. Ça fait des années que je n'ai pas reçu la visite de bouts de chou…

Une expression attristée se peignit brièvement sur ses traits mais son sourire familier ne tarda pas à revenir.

– Pas de problème, je le garde sur les genoux.

Stefnir était toujours calme dans les bras de son père. Ari Thór scrutait les réactions de Jódis, attentif à ne pas la brusquer.

– J'espère que mes questions de l'autre jour n'ont pas fait resurgir de souvenirs trop douloureux.

– Servez-vous…, dit Jódis, sans lui répondre.

Ari Thór se versa un peu de lait et prit une tranche de gâteau. Elle choisit un beignet qu'elle entama du bout des lèvres.

– J'ai bien peur de ne pas pouvoir vous aider à propos de ce pauvre Herjólfur. Je ne sais pas qui l'a tué et je doute que Baldur soit revenu d'entre les morts pour abattre un policier…

– Ça me semble peu probable, en effet.

Le gâteau était délicieux. La vieille dame avait effectivement un joli talent pour la pâtisserie.

– Vous vous plaisez à Siglufjördur ? demanda-t-elle. Si je me rappelle bien, cela fait quelques années que vous y vivez, n'est-ce pas ?

Dans une petite ville, un policier était pour ainsi dire la propriété de tous.

D'autres questions suivirent, auxquelles Ari Thór répondit poliment, et il se demanda si Jódis ne l'avait pas juste invité pour avoir un peu de compagnie. Il se sentait de plus en plus embarrassé, ce que la vieille dame ne manqua pas de remarquer.

– Vous voulez sûrement savoir pourquoi je vous ai fait venir.

Il y avait donc bien une raison à cette invitation.

– En effet, répondit Ari Thór, la bouche pleine de gâteau.

Elle resta silencieuse, attendant peut-être le bon moment.

Ari Thór regarda autour de lui. L'appartement était modeste, décoré et meublé avec parcimonie. Aucun précieux meuble de famille, pas de tableaux aux murs. Sur la commode, une photographie en noir et blanc, encadrée, montrait un jeune homme en costume, les cheveux peignés en arrière.

Ari Thór rompit le silence.

– Votre frère ? Jónmundur ?

Pas de réponse. Et puis :

– C'est Börkur… C'était Börkur.

– Un des jumeaux ?

– C'est ça.

Ari Thór était surpris : pourquoi ce portrait de Börkur en évidence ?

– Celui qui a vécu le plus longtemps ? reprit-il, maladroit.

– Oui, oui. La vie la plus longue… Mais après l'accident de son frère, ce n'était plus le même homme. Parfois, à peine un homme…

– Il a tué son frère ? demanda sans hésiter Ari Thór.

– Non.

Elle se replongea un moment dans le silence.

– On était amoureux, reprit-elle enfin.

Ari Thór se demandait où était le rapport.

– Vous et Börkur ?

– Oui, exactement. Börkur et moi.

– Mais il a toujours vécu seul, n'est-ce pas ?

– C'est vrai. Ça n'a pas marché, nous deux. La mort de Baldur a tout bouleversé.

Un accent désespéré fit trembler sa voix. Le regret des occasions perdues.

– J'ai gardé cette photo de lui et je l'ai fait encadrer il y a quelques années. Comme certains jours je ne suis pas capable d'affronter le passé, je la range dans un placard. Mais aujourd'hui, je l'ai sortie. Parce que vous veniez. Bien sûr, c'est douloureux de revivre tout ça, mais entre nous, je crois que c'est mieux ainsi. Et après toutes ces années, le moment est venu de faire éclater la vérité au grand jour.

Elle reprit son souffle.

– Je suppose que ça sera un soulagement pour moi de tout vous raconter. Et puis, vous êtes policier, vous êtes un jeune homme… C'est l'occasion idéale.

Ari Thór tentait de contenir sa curiosité.

– Et de quelle vérité s'agit-il ?

– La vérité, mon ami, c'est que je dois vous faire une confession. Je suis responsable de la mort d'un homme.

La déclaration prit Ari Thór par surprise.

– La *mort* de Baldur ? demanda-t-il en choisissant soigneusement ses mots.

Elle n'avait pas parlé de meurtre, il n'emploierait donc pas ce terme. Il y avait forcément autre chose derrière cet aveu.

– Oui, mon ami. C'est ça.

– Vous l'avez poussé du balcon ?

– Ça n'est pas si simple…

Nouveau silence.

– Vous savez, je suis très heureuse de ne plus avoir à porter ce fardeau toute seule. J'ai gardé ce secret pendant tant d'années… Une confession est toujours un soulagement. Peu importe ce qui suit.

– Qu'est-ce qui s'est passé ?

– Il a essayé de profiter de moi. À la faveur de la nuit. Il m'avait téléphoné pour me demander de passer, prétendant que Börkur était avec lui. Il savait que nous étions proches… Je suis arrivée tard le soir, il était à l'étage, sur le balcon. Au début, dans l'obscurité, j'y ai cru. J'ai pris Baldur pour son frère. C'était la fin de l'été, l'automne approchait… Il faisait encore chaud dehors et la nuit tombait. Quand j'ai compris ce qui se passait, je me suis battue bec et ongles avec lui. Il ne voulait pas me lâcher… Alors j'ai puisé dans mes forces, je ne sais toujours pas comment j'ai fait, et j'ai réussi à me dégager en le repoussant. Mais…

Sa voix s'évanouit dans le silence, laissant sa phrase inachevée. Ce n'était pas nécessaire d'aller plus loin.

– Et Börkur, et votre frère ? Ils ont fait quoi ? demanda finalement Ari Thór.

– Börkur et Jónmundur n'étaient pas là.

– Pardon ? Je croyais qu'il y avait une petite fête ce soir-là… J'ai mal compris ? Ils n'étaient pas là tous les trois ?

– Ça, c'est l'histoire qu'on a racontée. L'histoire qu'on a… qu'*ils ont* imaginée. Baldur n'a pas survécu à sa chute. J'étais prête à me dénoncer à la police mais je voulais d'abord voir mon frère. Je ne me sentais pas capable d'y aller toute seule. Il est allé chercher Börkur et ils n'ont rien voulu savoir. Ils ont refusé de laisser Baldur détruire ma vie. Nous étions tous conscients que Baldur était… bah, qu'il n'avait rien à voir avec Börkur. Il avait une face sombre. Même si les deux frères se ressemblaient comme deux gouttes d'eau, c'était le jour et la nuit. Je ne suis même pas sûre que Börkur ait porté le deuil. Mais il lui a manqué… Après cela, Börkur et moi n'avons pas réussi à nous retrouver. Notre mensonge nous a éloignés l'un de l'autre, puis définitivement séparés.

Elle soupira. Se leva.

– Vous voulez que je vous accompagne au poste pour faire ma déposition ? J'accepte toutes les conséquences. Il est grand temps…

Ari Thór croyait à son récit. Il n'avait aucune raison d'en douter. Il ressentait aussi une profonde compassion pour elle. Ce secret avait pesé sur cette vieille femme si longtemps ; et elle l'avait porté en grande partie seule. Une femme seule, dans un petit appartement, sans presque plus aucun ami… Pas une seconde il n'envisagea de lui rendre la vie plus difficile qu'elle ne l'avait déjà été.

– Ça n'est pas nécessaire, non. Je ferai un simple rapport.

Il n'en avait pas l'intention. L'histoire s'arrêtait là.

– On ne ressort pas des affaires aussi anciennes. Vous n'avez aucun souci à vous faire.

Elle écarquilla les yeux.

– Quoi ? Vous en êtes certain ?

– Tout à fait certain.

Il sourit, satisfait de pouvoir la rassurer. En même temps, il ne pouvait s'empêcher de comparer sa situation avec celle d'Elín. La maire adjointe se retrouverait-elle accusée d'homicide involontaire, ou même de meurtre, malgré ses blessures et les longues années de peur et de mauvais traitements ?

Je ne sais pas pourquoi je continue d'écrire, ni pourquoi je n'ai pas détruit ce carnet.

Je tremble un peu, encore sous l'effet de la colère et de la peur. Un cocktail explosif.

J'ai décidé de demander à l'infirmière combien de fois elle avait essayé de m'obtenir un rendez-vous avec le médecin. Jour après jour, j'ai souffert le martyre à cause de son traitement et je m'en remettais à elle pour m'aider.

Elle m'a répondu : « Je n'ai rien pu lui demander avant aujourd'hui. »

Elle m'a menti. Une fois de trop.

Je lui ai dit ce que je pensais.

Elle m'a traité comme un enfant.

« Ah tiens, j'ai dit ça ? Ah tiens, je vous ai promis ça ? »

Au moment où elle m'a tourné le dos pour s'en aller, je l'ai rattrapée par le bras. Pas trop fort, mais assez fermement pour qu'elle s'arrête.

J'allais dire quelque chose, lui répéter ce que je pensais de cette façon de me laisser tomber, lui demander pourquoi...

Alors, elle m'a lancé : « J'ai vingt-sept ans. »

J'ai mis un moment à comprendre. Vingt-sept ans, oui.

Je l'ai laissée partir et je me suis précipité dans ma chambre. Là, j'ai ouvert mon carnet et j'ai lu à voix haute tout ce que j'avais écrit sur elle.

« La quarantaine, je pense. Elle a un visage légèrement bouffi. Trop de vin rouge et trop de biftecks. Ses yeux sont fatigués, elle ne sourit jamais. Impossible de bien s'entendre avec des gens qui ne sourient pas. »

Et c'était sans doute le passage le plus sympa.

Cette salope s'est introduite – tous les jours, si ça se trouve – dans ma chambre et a lu mon journal !

Je ne vais pas me laisser déstabiliser. Je vais continuer à écrire mais je vais faire attention à ne pas laisser traîner le carnet, et la nuit, je le mettrai sous mon oreiller avant de dormir.

Oui, j'aurais pu la frapper. J'en avais envie. Mais je ne l'ai pas fait. Cette fois, je me suis contrôlé.

C'est sûrement le signe d'un progrès.

36

Je ne suis jamais tombé pour des faits de violence.

C'est ce qu'il avait dit à la police et, jusqu'à un certain point, c'était vrai. Addi avait trempé dans pas mal d'activités illégales, même s'il les menait toujours avec un certain sens du respect envers ses concitoyens.

Il avait été mêlé à des bagarres, à l'occasion, mais il avait rarement blessé quelqu'un sans avoir été provoqué. Cependant, les menaces étaient chez lui une seconde nature et il en avait proféré souvent.

À son âge, il y avait peu de chances pour qu'il change ses habitudes, même si ce freluquet d'Ari Thór le rendait fou. Ils avaient un marché : il le tuyautait et la police lui laissait les coudées franches dans son business. Et voilà qu'à la première occasion, ce sale flic revenait sur sa parole et l'embarquait comme le dernier des truands.

En quittant le poste, il n'avait eu qu'une idée en tête : prendre sa revanche. Remettre les pendules à l'heure avec Ari Thór, d'une façon ou d'une autre. Le ramener sur terre à coups de pied au cul. Il y avait toutes les chances pour qu'il soit promu inspecteur dans les semaines à venir, et alors, il aurait tout loisir de montrer les muscles. Addi en était conscient, il était urgent d'établir un équilibre des forces entre eux.

Mais la violence n'était pas son truc. Personne ne pouvait l'accuser d'une chose pareille.

Il se rendit tout droit chez Ari Thór, martela la porte de coups de poing et attendit. Il avait l'intention de flanquer une frousse mémorable à la fille.

Apparemment, il n'y avait personne. Il songea un instant à entrer par effraction, à saccager l'endroit pour faire payer au jeune flic sa trahison. Il soupira. Ce n'était plus de son âge, et ça ne servait à rien d'attirer l'attention sur lui. Les effractions étaient rares dans cette petite ville, autant que ça continue de l'être. L'absence de délits trop visibles donnait aux habitants l'illusion de la sécurité et c'était très bien ainsi.

Il opta finalement pour une petite balade du côté d'Akureyri. Il savait deux ou trois choses à propos d'Ari Thór – ce qu'il fallait savoir, en tout cas. Par exemple, que sa femme ou sa petite amie, peu importe, travaillait à l'hôpital de la ville. Lui rendre une petite visite s'imposait. Si elle n'était pas à la maison avec leur enfant, elle était forcément là-bas.

Le trajet d'une heure fut rapide. Après l'orage de la nuit précédente, le vent était retombé pour laisser la place à une belle journée d'hiver.

À l'hôpital, il dut attendre longtemps avant d'être appelé à la réception. L'activité était incessante et, en ces temps d'austérité et de coupes budgétaires, le personnel était réduit au strict nécessaire.

Il demanda à parler à Kristín.

– Elle ne reçoit pas directement les patients, répondit la femme d'une voix atone. Vous avez consulté votre généraliste ?

Tout en parlant, elle leva les yeux sur Addi, comme pour essayer de déterminer ce qui n'allait pas chez lui.

– Non, je me suis mal fait comprendre, répondit-il aussi courtoisement qu'il le put. Je suis son oncle. Je dois la retrouver après son service…

– Oh, pardon. Attendez voir…

Elle posa ses lunettes sur son nez et scruta l'écran d'ordinateur devant elle. Elle était plus animée tout à coup, comme si cette intrusion la changeait du flot incessant des malades.

– Oui ! Kristín quitte son service dans une heure.

– Ah, dit-il en regardant sa montre, j'ai dû me tromper dans l'horaire…

– Ça m'arrive tout le temps, le rassura la femme en souriant. Je vous en prie, prenez un siège en attendant. En général, elle sort par cette porte…

– Entendu, merci. Ça ne vaut pas le coup de ressortir pour revenir dans une heure. Je n'habite pas en ville, vous comprenez…

Il avait déjà vu Kristín et il était sûr de la reconnaître. Il était physionomiste, depuis toujours. Un talent qui lui avait été très utile dans les affaires. Il s'assit et attendit. Les hôpitaux avaient le don de le mettre mal à l'aise, et celui-ci ne faisait pas exception à la règle.

Après une heure d'attente, il repéra une jeune femme qui approchait. Oui, c'était bien elle. Mais, surprise, un homme l'accompagnait, à peine plus âgé. Ils avaient l'air de bien s'entendre. S'il ne connaissait pas Kristín, Addi aurait même pu les croire en couple. À moins que…

Il s'éclipsa avant que la réceptionniste ne prévienne Kristín que son oncle l'attendait.

Addi avait espéré pouvoir discuter en privé avec elle. Il n'avait pas l'intention de lui faire du mal, juste de l'effrayer un peu – quelques menaces à demi-mot. D'expérience, il savait que cela suffisait pour terrifier la plupart des gens. Surtout les gens ordinaires qui, comme elle, travaillaient de 9 heures à 17 heures et passaient le reste de leur temps en famille.

Kristín et l'homme marchaient en direction du centre-ville. Pas un souffle de vent ne secouait les branches où s'attardaient de rares feuilles, et le fjord était aussi lisse et immobile qu'une plaque de verre. Ses flots placides reflétaient les lumières de la ville.

Addi les suivait d'un pas rapide. Il avait besoin de parler à Kristín mais l'homme ne semblait pas décidé à la quitter. Ils finirent par entrer dans un restaurant – le genre chic et romantique, remarqua Addi. Il entra à son tour, s'installa à une table pas trop éloignée de la leur. Et il ne tarda pas à comprendre qu'il ne serait pas indispensable d'avoir cette discussion avec Kristín. Il suffisait de prendre ces deux-là en photo. Une tactique simple et efficace, et un choc assuré pour ce petit merdeux d'Ari Thór. Histoire de lui rappeler qu'un gentleman ne doit jamais revenir sur sa parole…

37

Quand Ari Thór arriva au poste dans la soirée après avoir déposé Stefnir chez sa nourrice, il trouva Tómas en train de discuter avec Ottó, le conseiller municipal.

Celui-ci se leva et lui tendit la main.

– Bonsoir, Ari Thór.

Sa voix était polie, mais l'expression de son visage bien différente. Il était venu faire part de sa déception.

– Ça la fiche mal pour nous, dit-il sans s'expliquer davantage.

– Ça m'a fait plaisir de vous voir, Ottó, dit Tómas pour lui signifier que leur conversation était terminée.

Puis, se tournant vers Ari Thór :

– Tu tombes à pic. On a deux ou trois choses à régler.

– Comme je l'expliquais à Tómas, intervint Ottó, on dirait bien que notre ami Gunnar est fichu. Tómas n'a rien voulu me confirmer, mais il suffit de d'écouter ce qui se raconte en ville… Si Gunnar touche à ce qui ressemble de près ou de loin à des stupéfiants, on doit le mettre hors jeu. C'est un putain de furoncle. Une source d'emmerdes… Je ne vois pas du tout quel remplaçant on pourrait lui trouver. Le pire, c'est qu'on était très contents de son travail…

Il soupira, l'air contrarié – presque furieux.

– Évidemment, *vous* n'avez pas été foutus de le laisser tranquille…

La phrase s'adressait plus à lui-même qu'aux deux policiers, mais le message était clair.

Ces accusations déguisées agacèrent Ari Thór. Certes, il avait le don de poser des questions dont personne ne voulait entendre les réponses, mais il les posait seulement quand quelque chose le mettait à bout.

– Ottó, vous connaissez le professeur d'histoire du lycée ?

– Le professeur d'histoire… vous voulez dire Ingólfur ?

Ari Thór confirma.

– Son fusil n'a toujours pas été retrouvé.

– Ah, vraiment ? C'est pour ça que vous rôdiez chez lui l'autre jour ? Je me demandais ce que vous étiez allé faire là-bas…

– On a toutes les raisons de croire que c'est l'arme utilisée pour l'agression d'Herjólfur, répondit sèchement Ari Thór. Le *meurtre*, pour être exact.

– Vous ne soupçonnez tout de même pas Ingólfur d'être impliqué ? demanda Ottó, incrédule.

– Ce fusil, vous l'avez déjà vu ?

– Comment je pourrais m'en souvenir ?

– Vous avez dîné chez Ingólfur il n'y a pas si longtemps.

– Quel rapport ?

– Vous avez tous vu le fusil, n'est-ce pas ?

– Eh bien… oui, je crois. Il était là, bien visible.

Il se renfrogna.

– J'avais oublié.

À en juger par ses tics nerveux, il n'avait pas du tout envie d'être mêlé à l'enquête.

– S'il y a d'autres aspects que vous souhaitez développer, j'apprécierais qu'on en reparle plus tard. Je suis pressé.

– Parfait, répondit Tómas.

Il avait l'air vanné. Des cernes sombres creusaient ses yeux.

Ottó disparut aussitôt.

– Qu'est-ce qu'il voulait ? demanda Ari Thór.

– Des infos. Manifestement, il essaie de savoir de quel côté se placer quand le scandale va éclabousser le maire. Ottó est le genre de type qui réfléchit à deux fois avant de sauter, il ne fait pas dans le sentiment.

Tómas se tut un moment puis, plus assuré :

– Assieds-toi, mon garçon ! On fait le point, maintenant. Ton thé avec Jódis a donné quelque chose ? Elle voulait quoi, au juste ?

Ari Thór lui avait parlé de sa rencontre avec la vieille dame à la salle paroissiale et de son invitation.

– Rien du tout, répondit-il en époussetant sa manche pour éviter le regard de Tómas. Elle se sent seule et j'étais une cible facile. Je l'ai juste laissée radoter sur le bon vieux temps, son frère et toutes sortes de choses… mais rien d'intéressant pour nous. Aucun lien avec Herjólfur.

Il mentit sans éprouver le moindre remords.

– Pour être franc, je m'y attendais, répondit Tómas. Mais il faut bien explorer toutes les pistes…

Ari Thór acquiesça.

– L'affaire entre Elín et son ex ne nous concerne plus. Ça va aller droit chez le procureur, mais je serais surpris qu'elle soit inculpée. C'est un cas classique d'autodéfense dans des circonstances extrêmes.

Ari Thór accusa le coup.

– Comment ça, ça ne nous concerne plus ? On doit quand même remplir un rapport, non ?

– Je m'en suis déjà occupé. J'espère que ça ne te dérange pas. On a tellement de pain sur la planche que j'ai préféré nous débarrasser de ça rapidement.

En réalité, ça dérangeait Ari Thór. Il était furieux de voir Tómas prendre autant le contrôle de l'enquête. *Stricto sensu,* l'affaire Valberg était de son ressort, pas de celui de Tómas. Il avait été envoyé à Siglufjördur pour participer à l'enquête sur la mort d'Herjólfur, et il n'y avait aucun autre lien entre les deux sinon Elín, et le fait que la couverture médiatique du meurtre d'Herjólfur avait permis à son ex de la retrouver.

Il décida de ne pas s'appesantir sur la question, pour le moment en tout cas, et acquiesça. Il se dit que Tómas devait regretter l'époque où il était le seul inspecteur de police de la ville. *Au point de pouvoir postuler de nouveau ?*

– J'ai aussi des nouvelles de mes collègues dans le sud.

Ari Thór ne put s'empêcher de remarquer la formulation : pas « chez moi » mais « dans le sud ».

– Ils sont convaincus qu'Herjólfur n'est pas mouillé dans cette histoire de corruption. Ils sont sûrs qu'il n'est pas… pardon, qu'il n'*a jamais été* déloyal. Tout le contraire, même : il avait une haute idée de l'honneur de la police, et il en allait de même pour son père. Deux flics dans l'âme, intègres, stricts et déterminés. Aucun des deux ne se serait jamais compromis… impliqué dans… des activités illégales.

– Ça ne change rien. On n'oublie pas facilement ce genre de choses.

– Non, non… Tu as raison, Ari Thór. Maintenant, le doute est semé dans les esprits… Et tout le reste.

On prétend maintenant qu'il a été tué parce qu'il avait de mauvaises fréquentations, que ça lui pendait au nez. Maintenant qu'il n'est plus là pour se défendre, il faut absolument qu'on protège sa réputation.

Ari Thór ne partageait pas ce point de vue, mais il n'était pas d'humeur à polémiquer.

– Il a… il avait une famille. C'est sa femme et ses enfants qui doivent défendre son honneur.

Tómas ne répondit rien, comme à chaque fois qu'il n'était pas d'accord avec son collègue.

– En parlant de famille, son fils vient à Siglufjördur ce soir pour récupérer quelques affaires dont sa mère a besoin. Je ne pense pas que ça devrait poser problème ? On a tout passé en revue, y compris ses papiers, on n'y a trouvé aucun secret particulier. J'ai dit au garçon qu'il pouvait prendre tout ce qu'il voulait et même rester dans la maison. La veuve ne veut plus y remettre les pieds, c'est pour ça qu'elle envoie son fils. L'enterrement aura lieu à Reykjavik, les préparatifs sont en cours. Et pour ne rien arranger, elle s'est cassé la jambe.

– Qui ça ?

– Helena. La femme d'Herjólfur.

– Quoi ? C'est arrivé quand ? La dernière fois que je l'ai vue, tout allait bien…

Il repensa à sa visite chez Herjólfur et se rappela qu'Helena ne s'était pas levée. Pas une fois.

– J'ai cru comprendre qu'elle avait eu un accident de ski il y a quelque temps. Elle ne pensait pas que c'était grave, mais la jambe ne s'est pas remise, et voilà…

– Ah… d'accord.

Ari Thór avait l'esprit ailleurs. Il se demandait, une fois encore, comment le garçon faisait face à la mort de son père. Mesurait-il à quel point c'était violent de le perdre aussi tôt ?

– Je suis aussi allé voir Elín un peu plus tôt, ajouta Tómas. Elle est en arrêt maladie. J'espère que les journaux la traiteront avec un minimum de compassion, de considération. L'un dans l'autre, j'ai trouvé qu'elle n'avait pas l'air trop mal.

– Tu les crois ?

– Qu'est-ce que tu veux dire ?

– Quand ils disent qu'ils ne savent rien au sujet de la mort d'Herjólfur ? On sait maintenant que Gunnar avait beaucoup à perdre : sa réputation et son travail.

– J'ai tendance à penser qu'ils disent la vérité, oui. Au moins Elín, en tout cas. J'espère sincèrement qu'elle est innocente… Pas seulement à cause des violences qu'elle a subies de ce Valberg ; aussi parce qu'elle va devoir porter pour le restant de ses jours le fait d'avoir tué un homme pour sauver sa peau.

– Mais admettons, par exemple, qu'elle soit coupable du meurtre d'Herjólfur. Est-ce que ça ne donnerait pas à la mort de Valberg une nouvelle perspective ?

– Tu veux dire qu'elle aurait prémédité son geste ? Arrête…

– On ne peut pas l'exclure.

Le silence se fit entre eux.

– Quelle pression, cette affaire… remarqua Tómas. On doit tirer ça au clair rapidement.

– Ça, ce n'est pas nouveau.

Une inexplicable bouffée d'optimisme monta en lui. Il avait le pressentiment que la solution était à portée de main ; il lui suffisait de trouver comment agencer toutes les pièces du puzzle. Et curieusement, la pièce Valberg revenait danser sous ses yeux…

Je rentre à la maison demain. Le nouveau médicament est bien plus efficace et je me sens beaucoup mieux. Je crois. Ça me fera du bien de quitter cet endroit, mais je suis tout de même nerveux. Je n'ai pas spécialement envie de rentrer. Je parie que le temps s'est figé depuis mon départ.

Le médecin dit que je suis tiré d'affaire.

Mais il n'en sait rien. Il ne sait pas pourquoi Hanna et moi avons rompu si brutalement, si douloureusement.

Je m'étais pour ainsi dire installé avec elle. Un soir, j'étais rentré chez elle, chez nous. J'étais fatigué, énervé contre mes parents, comme toujours – et en colère.

Elle a dit quelque chose, je ne me rappelle plus quoi. Peu importe. Mais j'ai vu rouge. Je ne sais pas ce qui m'a pris, je l'ai frappée. Pas aussi fort que Papa, mais je l'ai frappée quand même.

Elle a d'abord semblé choquée. Puis j'ai vu la douleur monter en elle. Et sa colère a jailli. Tout s'est passé tellement vite... Depuis, on ne s'est plus reparlé. Je suis retourné vivre chez mes parents et je me suis cloîtré pendant des jours et des jours. Je n'arrivais pas à croire ce que j'avais fait. Je ne croyais même pas que je l'avais fait.

C'était comme si quelque chose de malveillant

m'avait infecté. Une maladie incurable. Impossible d'y échapper. C'est l'impression que j'avais – l'impression que j'ai encore. Parfois, je me prends à espérer un avenir meilleur, à croire que, d'une façon ou d'une autre, je vais pouvoir m'élever au-dessus de tout ça.

Papa est venu hier. Il m'a dit qu'il était temps que je rentre. Apparemment, il avait parlé à mon médecin ou à une autre personne responsable car il semblait en savoir long sur mon traitement. Il m'a aussi dit que je ne devais pas m'inquiéter, que mon séjour à l'hôpital ne serait consigné nulle part. Autrement dit, étouffé. Ou, pour reprendre la formule de mon père : « Il n'y aura pas de tache sur ton dossier. » Rien qui n'affecte ma carrière. Bon, d'accord, je n'en ai pas encore, de carrière, mais nous savons tous les deux ce qu'il a prévu pour moi. S'il veut faire disparaître cette période sombre, c'est sans doute autant pour lui que pour protéger la réputation de la famille. L'humiliation lui serait intolérable.

L'infirmière est venue me dire au revoir. Elle était curieusement chaleureuse, presque gênée. Nous savions, elle et moi, qu'elle avait franchi la ligne rouge, mais que faire... Papa aurait refusé de donner suite, de toute façon : ne surtout pas attirer l'attention. Avec ses relations et son influence, il est capable de faire disparaître toute trace de mon séjour ici, mais il y aura toujours des gens pour se souvenir de moi, notamment cette infirmière. Et puis, j'ai un nom qu'on n'oublie pas.

Herjólfur.

38

Il était tard quand Kristín rentra à la maison. Ari Thór et leur fils dormaient déjà et elle ne voulut pas les déranger. Depuis plusieurs jours, Ari Thór avait du mal à se reposer et à se débarrasser des suites de sa grippe.

Le dîner d'Akureyri ne s'était pas passé comme prévu. Mais à quoi s'attendait-elle au fond ? Une tentative tiède d'infidélité conjugale qu'elle n'avait pas voulu pousser trop loin ? Une vengeance liée au flirt d'Ari Thór avec cette Ugla, des années auparavant ? Ou avait-elle eu envie de le secouer pour exister de nouveau à ses yeux et lui faire comprendre qu'il devait s'investir davantage dans leur relation ? Ce genre de représailles mesquines ne lui ressemblait pas, vraiment pas, et cette soirée avait été une erreur sur toute la ligne.

Même le restaurant s'était révélé médiocre. Kristín n'avait presque pas touché à son assiette. Sa conscience avait dû paralyser ses papilles… Elle prit des restes dans le réfrigérateur pour calmer sa fringale. Son compagnon de soirée avait aussi déçu ses espoirs. L'idée du rendez-vous avait été plus excitante que le dîner lui-même, avec un homme pourtant séduisant. Ils partageaient moins de goûts communs qu'elle ne l'avait imaginé, et Ari Thór n'avait pas quitté ses pensées. Son châtiment – par chance, son unique châtiment – serait qu'elle devrait continuer à travailler avec cet homme et endurer un certain nombre de moments de gêne.

En se glissant sous la couette, elle réveilla Ari Thór. Il se tourna vers elle, l'embrassa, lui caressa la joue.

– Pas trop dure, ta journée ? demanda-t-il.

– Un petit peu, si.

Son mensonge la fit frissonner. Elle avait prétendu être de service tard ce soir-là.

– Et toi ?

– Pas évidente. Je suis persuadé qu'on a manqué un détail crucial dans l'enquête, un début d'explication...

Il s'assit et, par habitude, jeta un œil à son téléphone.

– Hmm... désolé, je dois descendre regarder un truc sur l'ordi. J'ai reçu un message d'un type... une sorte de truand local. Il m'envoie des photos, apparemment. On ne peut pas être tranquille une minute...

– OK, mon chéri...

Elle ferma les yeux.

*

Elle avait presque sombré dans le sommeil quand Ari Thór réapparut. Il ne fit pas l'effort de parler à voix basse alors que Stefnir dormait juste à côté, dans leur chambre.

– C'est quoi, ça ? demanda-t-il.

Dans sa voix, la stupeur, la douleur et la colère.

– Tu m'expliques ? reprit-il en criant presque.

Il brandit l'ordinateur portable. Les photos achevèrent de la réveiller totalement. Il y en avait plusieurs, pas vraiment nettes, sans doute prise avec un Smartphone, mais suffisamment claires : souvenirs de son dîner en tête-à-tête.

– Elles ont été prises quand ? Tu n'étais pas censée être de garde ce soir ?

En cet instant, elle *sut* qu'elle pouvait mentir, mais elle sut aussi qu'elle n'en ferait rien. Elle devait se montrer tout à fait honnête ; si elle voulait sauver leur histoire – et elle le voulait, vraiment –, elle ne pouvait plus tricher.

– Non… répondit-elle d'une voix faible. J'ai été invitée au restaurant.

– Au restaurant ? Par qui ? Ce type sur les photos ?

– Oui…

– C'est qui ? Comment il s'appelle ?

– C'est juste un médecin, il travaille à Akureyri.

– Juste un médecin ? Et tu couches avec lui ?

– Non.

Elle avait hésité et le regretta aussitôt. *Bien sûr que non.* Voilà ce qu'elle aurait dû répondre.

– On est juste amis.

– Alors pourquoi tu m'as raconté un bobard ?

Stefnir se mit à pleurer.

Elle déglutit péniblement. La vérité allait être difficile à sortir.

– Je… euh… j'avais peur que tu réagisses mal.

– Pourquoi ? Tu as une liaison avec lui ?

Les pleurs redoublèrent. Kristín sortit du lit et alla prendre le bébé dans ses bras. En vain.

– Non, Ari Thór. On est juste amis.

Dans la pénombre de la chambre, ses paroles manquaient de conviction. Même elle s'en rendait compte.

– Je ne te crois pas.

La colère semblait avoir cédé la place à une tristesse accablée.

– Restez dormir ici ce soir, Stefnir et toi… Quand je pense que tu m'as demandé de le déposer chez la nourrice pour sortir tranquillement… avec ton amant !

– Je suis désolée, Ari Thór, dit-elle au bord des larmes.

Et elle s'aperçut que s'excuser revenait à avouer.

Ari Thór se tut. Il descendit l'escalier, laissant Kristín seule avec son mal-être. Les choses avaient changé. Rien ne serait plus jamais comme avant.

39

Un e-mail attendait Ari Thór à son arrivée au poste de police. Également adressé à Tómas, il soulevait des questions sur la plaie de Valberg et la façon dont le couteau était entré dans son torse. Il semblait peu plausible qu'il se soit « empalé sur la lame » : il devait plutôt être étendu par terre quand il avait reçu le coup de couteau. Une théorie un peu gênante. Ari Thór aurait préféré qu'Elín reste une simple victime. Il la plaignait, quoi qu'il en soit.

L'e-mail leur avait été envoyé à titre purement informatif – façon de leur signifier clairement qu'ils n'étaient plus concernés par l'enquête en cours.

Il s'allongea sur le canapé et s'efforça de trouver le sommeil. Mais ses pieds dépassaient du sofa et le moindre mouvement menaçait de le faire tomber. De toute façon, les événements de la soirée l'empêchaient de fermer l'œil : sa dispute avec Kristín, sa déception… Certes, lui aussi avait commis un faux pas, mais c'était il y a longtemps, et Kristín le lui avait suffisamment fait payer à l'époque.

L'expression sur son visage, son langage corporel, ses intonations et, bien sûr, tout ces secrets dont elle s'était entourée indiquaient clairement qu'il ne s'agissait pas juste d'un dîner innocent avec un collègue. Il n'oubliait pas à quel point elle s'était montrée distante avec lui, ces derniers temps. Depuis quand durait cette liaison ? Pour Ari Thór, c'était une trahison avérée. Et elle ne l'avait pas seulement trahi lui, mais aussi Stefnir, et ses parents…

Que faire, maintenant ? Rentrer chez lui comme si de rien n'était, après une nuit sur le canapé du poste ? Laisser Addi Gunna détruire sa famille avec ses photos ? L'idée lui répugnait, mais le problème était plus vaste, plus profond. Une confiance qu'ils avaient mis du temps à construire avait été balayée en un clin d'œil.

Tout était-il fini ?

*

La nuit fut longue. Ari Thór dormit par intermittence. À chaque réveil, ses pensées volaient de Kristín à l'affaire d'Herjólfur. Une remarque de Tómas lui avait semblé incohérente, mais laquelle déjà ? Et cette intuition d'un lien avec Valberg qui revenait sans cesse…

Enfin, à l'aube, tandis qu'il flottait quelque part entre le sommeil et l'éveil, la réponse surgit de son subconscient. Herjólfur lui avait confié que sa femme et lui ne s'intéressaient pas aux activités de plein air. Et voilà que son épouse s'était cassé la jambe en skiant du côté de Reykjavik. Mensonge monté de toutes pièces ? Que cachait-elle ? Valberg revenait sans cesse dans ses pensées, et aussi cette année sabbatique prise par Herjólfur pour s'occuper d'Helena quand elle était malade… *Malade de quoi ?*

Strict et déterminé. C'est ainsi que Tómas avait décrit Herjólfur.

L'histoire du sauvetage de Tómas par Addi Gunna dans la vallée de Skardsdalur lui revint en mémoire.

Tous les hommes ont une qualité qui les rachète aux yeux du monde, même Addi, avait dit Tómas. Et il avait ajouté : *Beaucoup d'entre nous ont une face sombre que personne ne voit jamais.*

Et quand ils avaient discuté tous les deux de Valberg, Tómas avait soutenu que les actes violents n'étaient pas seulement le fait de criminels mais aussi d'hommes qui, en surface, paraissaient irréprochables – chefs de famille, patriarches responsables…

Il se dit qu'au fond, Helena ne lui avait pas semblé particulièrement bouleversée par l'agression de son mari ; ni quand il lui avait appris la nouvelle, ni quand il l'avait revue par la suite. Elle avait même commencé à envisager l'enterrement avant que la mort soit confirmée.

Espérait-elle qu'il ne survivrait pas ?

L'agression d'Elín avait fait germer une idée chez Ari Thór : et si Herjólfur avait violenté sa femme ? Cela pourrait expliquer le climat étrange, éteint, dans lequel il avait trouvé Helena et son fils, et leur absence apparente de détresse – de chagrin…

Ari Thór s'assit. Aucune chance de retrouver le sommeil désormais.

Plus il y réfléchissait, plus il pensait devoir explorer cette hypothèse.

Pourtant, aussi intéressante que soit sa théorie, le meurtre d'Herjólfur était plus vraisemblablement lié au trafic de drogue sur lequel il enquêtait…

Puis Ari Thór se rappela comment il avait appris l'existence de cette enquête : par un membre de la famille qui lui avait gracieusement indiqué la direction la plus éloignée possible de la vie privée d'Herjólfur.

Bon Dieu, non...

Il se refusait à le croire. Inimaginable.

Comment pouvait-il savoir où trouver le fusil ?

La réponse lui sauta aux yeux. Bien sûr qu'il connaissait l'existence du fusil d'Ingólfur… Et si Herjólfur était la cible, qui savait qu'il était de service cette nuit-là ? Très peu de personnes.

Ari Thór enfila sa veste d'uniforme et se précipita hors du poste de police. Il claqua la porte et sortit dans le froid matinal à la rencontre d'un assassin.

Je ne me suis toujours pas débarrassé de ce carnet. Bizarrement, je l'ai rapporté à la maison. Je veux le garder. Je ne dois jamais oublier cette détresse et cet effroi, et toutes ces choses qui m'ont poussé à en finir avec la vie. J'ai toujours du mal à croire que j'aie pu aller aussi loin, même si l'ombre du désespoir qui me guidait alors pèse toujours sur moi.

J'ai l'impression d'être au pied d'un mur, un mur infranchissable. Je ne parviendrai jamais à sortir de l'ombre de mon père. J'ai tellement peur de devenir comme lui.

40

Ari Thór attendait devant la porte du sous-sol. Il avait déjà sonné à deux reprises.

La ville était silencieuse, la nuit venait de laisser place au froid cinglant du matin. En cette période de l'année, l'obscurité paraissait infinie.

Il sonna une troisième fois. Personne.

Je ne vais pas renoncer si vite, pensa-t-il. Il frissonna, s'engouffra à contrecœur dans le vent piquant et se rendit devant la porte principale. Dès la première sonnerie, il perçut du mouvement à l'intérieur.

Il se retrouvait au même endroit que quelques jours plus tôt, face au fils, cet autre Herjólfur. Le garçon lui parut fatigué et hagard. La dernière fois qu'ils s'étaient vus, alors qu'il évoquait l'enquête qui avait conduit son père devant la vieille maison, il avait l'air plus posé, plus concentré.

– Qu'est-ce qui se passe ? demanda-t-il, surpris.

– Je peux entrer ?

– Vous avez vu l'heure ?

Il se frotta les yeux.

– J'étais en train de dormir, comme n'importe quelle personne normale à cette heure-ci…

Il recula d'un pas et fit signe à Ari Thór de le suivre.

Il alluma la lumière du salon. La pièce paraissait toujours aussi froide et sans âme. Rien ne semblait avoir bougé depuis la dernière visite d'Ari Thór.

Herjólfur alla prendre place sur le canapé blanc, comme sa mère la dernière fois. Et comme la dernière fois, Ari Thór resta debout. L'affaire était sérieuse, surtout si ses soupçons se confirmaient. Cela méritait une certaine solennité.

– J'ai appris que votre mère s'était cassé la jambe ?

– Ouais… Au départ, on pensait que c'était une foulure, mais non. Elle espérait que ça se remettrait tout seul, mais il a fallu lui poser un plâtre.

– Comment est-ce arrivé ?

– Eh bien, elle… elle a fait une chute de ski.

Sa voix chevrotait. Cette visite matinale semblait le mettre plus mal à l'aise qu'il ne l'aurait souhaité.

– Votre père m'a raconté que vous n'étiez pas de grands amateurs de sports en plein air, dans la famille. Que votre mère et lui n'allaient jamais skier. Qu'ils s'accordaient plutôt des vacances en ville…

Herjólfur avala sa salive.

– Exact. Mon père n'a jamais aimé ce genre de truc.

Herjólfur avait l'air impatient de clore le sujet. Ari Thór n'insista pas.

– Il prenait toutes les décisions, hein ?

– Ouais.

Ari Thór sentit tout le poids mis dans cette unique syllabe.

– Sévère ?

Herjólfur confirma d'un signe de tête.

– À la maison comme dans son travail ?

– Je ne sais pas, pour le travail.

Réponse brève mais message limpide.

– Je suis tombé sur des rapports d'enquête établissant que votre père était impliqué dans une affaire de corruption, dans le sud.

Il guetta la réaction du jeune homme.

– Pas au courant. Ça ne me regarde pas.

Normalement, face à ce genre d'allégation, un fils aurait dû prendre la défense de son père. Herjólfur n'en avait à l'évidence pas l'intention.

Ari Thór laissa passer un court silence.

– Merci pour le tuyau, au fait.

– Quoi ?

– Le trafic de drogue dans la maison à l'abandon.

– Ah, ouais… marmonna Herjólfur.

– Vous aviez vu juste… vous ou votre père. Il y a bien des types qui dealent là-bas.

– OK.

– Votre mère m'a dit que vous viviez au sous-sol ?

– Ouais, exact.

– J'ai sonné tout à l'heure.

– On n'entend pas depuis l'étage. C'est là que je dors. Il y a plus de place.

– Pratique pour rentrer et sortir comme vous voulez.

Herjólfur lança un regard inquisiteur à Ari Thór.

– C'est votre mère qui m'a dit ça.

– Ouais…

– C'est le cas ? Ils ne savaient jamais quand vous étiez là ou pas ?

– J'imagine que non.

– Et vous étiez où, la nuit où votre père a été agressé ?

Il tomba dans le piège. Écarquilla les yeux, comme si la question le prenait de court.

– Où j'étais ?

– Oui. Vous étiez en bas, en train de dormir ?

Il se leva d'un bond.

– Pourquoi vous demandez ça ? Putain, pourquoi vous me demandez ça *à moi* ?

Une fraction de seconde, il parut sur le point d'éclater en sanglots – ou d'exploser de colère.

– Oui, je dormais en bas, au sous-sol.

Il se rassit.

– Peu de gens savaient quel genre d'enquête menait votre père. Trafic de drogue… C'est de là que vous est venue l'idée ?

Herjólfur ne répondit pas.

– Pour que la police soupçonne un dealer ou un client ? Et que l'affaire ne soit jamais résolue ?

Ari Thór espérait que ses questions tireraient Herjólfur de sa torpeur. En vain.

– Et pour le fusil, comment vous avez su ?

– Qu'est-ce que vous voulez dire ? répondit finalement le garçon, vibrant d'indignation.

– Je vais vous dire ce que je crois. Je suis sûr que vous connaissiez l'existence du fusil, dans le garage d'Ingólfur. On a découvert que son fils avait organisé une fête chez lui pour tous ses copains lycéens. Il était en dernière année, comme vous. Ça se tient, pas vrai ?

Herjólfur retomba dans le silence.

– Ça se tient, pas vrai ? répéta Ari Thór en haussant la voix.

Il hocha lentement la tête.

– Oui, je suis en dernière année, ça n'a rien d'un secret.

– Vous étiez à cette fête ?

Herjólfur se leva.

– Je crois que vous feriez mieux de partir.

Une rage nouvelle éclatait dans sa voix.

– Vous débarquez sans prévenir chez moi, vous me tirez du lit… et maintenant, vous me balancez ces conneries !

– Je prends ça pour un « oui », répondit Ari Thór, intraitable.

– Quoi ?

– Vous étiez à cette fête.

Ari Thór attendit patiemment. Il voulait laisser le temps au jeune homme de comprendre la gravité de sa situation. Et il réfléchissait à la suite de l'interrogatoire : comment vaincre la résistante d'Herjólfur, briser la forteresse épaisse derrière laquelle il se barricadait ?

– Il cognait facilement, pas vrai ? demanda-t-il avec douceur.

La question frappa le garçon de plein fouet. Pour la première fois, il avait l'air effrayé. Il secoua la tête.

– Sur votre sœur aussi ?

– Non, soupira-t-il.

– Sur votre mère ?

Pas de réponse.

– Il va falloir nous aider, insista Ari Thór d'une voix cajolante. C'est la seule façon de vous en sortir.

Après un long silence, Herjólfur hocha la tête.

– Ouais… Il la frappait quand il était de mauvais poil.

– Elle s'est cassé la jambe en skiant ?

– Il l'a poussée. Dans la chute, elle s'est fracturé le tibia.

Il s'effondra dans le canapé.

– Il lui avait déjà cassé la jambe une fois, avant, je crois. Elle disait qu'elle était tombée de cheval peu après leur rencontre, mais je n'y crois pas. Il l'a toujours frappée.

Le garçon avait les yeux baissés. Il évitait le regard d'Ari Thór. Évoquer ouvertement cette violence l'avait déstabilisé. Le choc semblait l'avoir anesthésié.

– Et l'année sabbatique prise par votre père pour s'occuper de votre mère, c'était après le même genre d'incident ?

– Quoi ? Non, non… vous vous trompez. Elle n'était pas malade.

– Ah bon ?

– C'est Papa qui était en arrêt maladie. Il souffrait de dépression et personne n'avait le droit d'en parler. En surface, tout allait bien, c'était un flic exemplaire. Mais il n'est jamais monté en grade. À cause de… vices cachés. Il a toujours été protégé, il a toujours pu garder son job. C'était le fils à son papa, vous comprenez ?

Tómas avait décrit le grand-père du fils, le père de feu Herjólfur, comme une légende vivante, un flic à l'ancienne.

– Votre grand-père est mort, n'est-ce pas ?

– Oui. Mais je crois qu'il n'a jamais complètement disparu de la vie de Papa.

– Le poste lui est revenu ?

– Malheureusement, oui. En guise d'héritage.

Ari Thór sentait combien le garçon prenait sur lui pour en parler.

– Mon grand-père aussi battait ma grand-mère.

– Et votre père, sa violence envers votre mère, ça a duré combien de temps ?

– Beaucoup trop longtemps, soupira-t-il. Mais maintenant, Maman est libre. C'est quelqu'un de bien.

– C'est pour elle que vous l'avez fait ?

Le ton d'Ari Thór n'avait rien d'accusateur.

Un long silence compréhensif s'ensuivit. Le jeune homme était en proie à un dilemme : en rester là ou tout avouer.

Après une profonde inspiration, il déclara, prudent :

– Dans une certaine mesure, oui. Il fallait que quelqu'un se dévoue. Ma sœur ne supportait plus la situation, c'est pour ça qu'elle est restée à Reykjavik et n'a plus jamais parlé à notre père. Elle n'est même pas venue le voir après son agression. Alors j'ai décidé d'assumer mes responsabilités. Sinon, ça n'aurait jamais eu de fin…

Il paraissait calme. Apaisé.

Ari Thór allait lui demander plus de détails, mais Herjólfur reprit, sans faire attention à lui :

– Mais je l'ai surtout fait pour moi. Pour rompre le cercle vicieux.

De nouveau, il s'interrompit. Ari Thór se taisait, respectueux.

– Je n'ai jamais vraiment cru que j'allais pouvoir m'en tirer. Je m'en fichais. C'est aussi bien comme ça. Ça fera un choc à ma mère quand elle apprendra la vérité. Je ne voulais pas devenir comme lui, ni comme mon grand-père. Il fallait bien que ça se termine à un moment… J'ai trop souvent vu Papa se transformer en… monstre. Au bout du compte, j'ai compris que je n'avais pas d'autre choix. Je devais l'arrêter une bonne fois pour toutes.

– Alors vous avez pris le fusil d'Ingólfur ?

– Oui.

– Et il est où, maintenant ?

– Dans une cabane de jardin, dans la rue.

– Vous comptiez le laisser là ?

– Non. C'est une sorte de cabane d'été. Elle appartient à des gens du sud qui viennent ici seulement pour les beaux jours.

Il eut un sourire maladroit.

– Je comptais le balancer dans le fjord quand tout se serait calmé…

– Comment vous avez fait pour attirer votre père là-bas ?

– Je lui ai téléphoné. En utilisant une carte SIM prépayée.

– Il ne savait pas qui l'appelait ?

– Non. Il ne m'a pas reconnu. J'ai masqué ma voix et je lui ai dit qu'il y avait des toxicos qui trafiquaient dans la maison. Ça a suffi.

C'était terrible de se dire que le père avait été piégé par son propre fils. Ari Thór avait-il affaire à un tueur de sang-froid ou à un jeune homme malade ?

– Je n'ai pas pu m'empêcher de pleurer.

Herjólfur parlait si bas qu'Ari Thór devait tendre l'oreille pour comprendre ses paroles.

– En tirant, j'avais des larmes plein les yeux. Pas parce que je l'aimais, au contraire, je le haïssais de toute mon âme. Mais j'ai quand même pleuré et je ne sais pas pourquoi. C'était dur.

Ari Thór frémit.

– Vous le regrettez ?

– Si je le regrette ?

Herjólfur ne semblait pas avoir besoin de réfléchir à sa réponse.

– Non. Ma mère est libérée. Moi aussi. Je vais aller en prison, mais c'est normal.

Son regard se perdit au loin. Le jeune homme n'était plus ici, dans ce salon, à Siglufjördur.

– Pourquoi maintenant ? demanda Ari Thór, plus par curiosité.

– Comment ça ?

– Pourquoi avez-vous décidé de passer à l'acte maintenant ?

– À cause du journal, murmura-t-il.

– Le journal ?

– J'ai trouvé un vieux journal intime, je suis tombé dessus par hasard. J'ai tout de suite reconnu l'écriture de Papa.

Il parlait doucement, avec une respiration sourde.

– Il datait de 1982, Papa avait à peu près mon âge. J'ai mis quelques jours à le lire en entier. Je n'avais pas envie de le connaître tant que ça, je le détestais tellement. Mais quand je suis arrivé à la dernière page, j'étais horrifié. Terrifié. J'y avais lu beaucoup de choses qui résonnaient en moi… Alors, j'ai su que je devais agir.

– Vous avez décidé de le tuer.

– De l'arrêter, précisa Herjólfur, comme pour rectifier une erreur cruciale. Vous savez ce qu'il a fait ? Il avait vingt-deux ans à l'époque du journal… Vous savez ce qu'il a fait quand il s'est rendu compte qu'il suivait la même voie que mon grand-père ?

Ari Thór secoua la tête.

– Il a essayé de se suicider. Ça n'a pas été une grande réussite, apparemment… Grand-père l'a immédiatement envoyé dans un hôpital psychiatrique. Il faisait toujours ce qu'il voulait, exactement comme mon père plus tard. Je crois que son séjour là-bas a aggravé son état.

– Un hôpital psychiatrique…

Ces mots éveillaient un souvenir lointain dans la mémoire d'Ari Thór, comme un écho… Un détail qu'il aurait négligé dans l'enquête ?

Il y eut un long silence.

– Vous savez, je regrette qu'il n'ait pas réussi, ajouta Herjólfur. À se suicider, je veux dire. Ç'aurait été mieux. Tellement mieux pour tout le monde.

*

Herjólfur se laissa conduire sans protester au poste de police. Ari Thór avait demandé à récupérer le journal avant de partir ; Herjólfur le lui avait donné volontiers, comme heureux de s'en débarrasser.

Ari Thór appela Tómas et ils prirent la déposition officielle du jeune homme. Ce dernier confirma tout ce qu'il lui avait dit, avoua le meurtre sans crainte apparente des conséquences.

Tómas était manifestement soulagé de clore l'enquête. Ari Thór également, même s'il avait du mal à accepter qu'un gamin de dix-neuf ans ait pu commettre un tel acte. L'idée qu'un père ait été assassiné par son propre fils déclenchait en lui un tourbillon furieux d'émotions.

Tout à coup, il se rappela pourquoi ces mots – hôpital psychiatrique – étaient restés ancrés en lui, refusant d'être emportés par ce dénouement précipité. Il avait reçu un coup de fil… l'appel d'une femme qui n'était pas allée au bout de son témoignage. N'avait-elle pas dit qu'elle avait travaillé comme infirmière dans un service psychiatrique ? Il se replongea dans la main courante du poste et retrouva l'appel. Un nom et un numéro de téléphone.

– Ása ? demanda Ari Thór dès que la voix résonna dans le combiné.

– Oui, répondit-elle doucement.

– Bonjour. Ari Thór Arason à l'appareil, je suis officier de police à Siglufjördur.

– Officier de police ?

– Vous nous avez appelés récemment à propos d'un malade dans un service psychiatrique… Vous vous souvenez ?

– Eh bien… oui. Mais ce n'était rien, je suis désolée de vous avoir dérangés.

– Je vous en prie. Ceci dit, vous voulez bien me raconter votre histoire quand même ? N'importe quelle information peut nous être utile, même si elle vous semble insignifiante…

– Je n'en doute pas, mais là… Enfin, je regardais les nouvelles à la télé l'autre jour et j'ai vu un visage que j'ai reconnu. Ce policier qui est mort…

– Oui, Herjólfur.

Ari Thór se rappela que les journalistes avaient utilisé la photographie d'un Herjólfur beaucoup plus jeune, un cliché qui datait probablement de plusieurs dizaines d'années.

– Je m'en suis souvenue parce que c'était un de mes patients, il y a des années. Je n'étais pas sûre d'avoir le droit de vous en parler, je suis tenue au secret médical. Mais on doit aider la police, n'est-ce pas ? Après tout, il a été assassiné.

Elle reprit son souffle.

– C'est une histoire vraiment très étrange. Peu de temps après sa sortie, je me suis rendu compte que l'on n'avait conservé aucune trace de son séjour dans nos registres. Je ne sais pas pourquoi. Il était très instable à l'époque, je m'en souviens bien, et on ne s'est pas vraiment entendus lui et moi.

Elle hésita.

– C'était peut-être ma faute, aussi. J'étais une jeune infirmière et il m'arrivait de prendre des décisions hâtives…

– Merci Ása, cela nous aide, intervint Ari Thór pour l'encourager à continuer.

– Tant mieux, ça me fait plaisir. J'ai été surprise d'apprendre qu'il était devenu policier. Je ne m'attendais pas à ce qu'il reste du bon côté de la justice, si vous voyez ce que je veux dire… C'était un colérique impulsif, un jeune homme avec de gros problèmes comportementaux. J'ai pensé que ça pouvait être utile pour votre enquête, surtout qu'il n'y a plus rien sur lui dans nos archives. J'avais vraiment trouvé ça bizarre.

– Tout à fait.

– Eh bien… voilà. J'ai souvent repensé à lui pendant toutes ces années. Cela m'attriste d'apprendre ce qui lui est arrivé.

Après avoir raccroché, Ari Thór attrapa le carnet. Tómas lui avait demandé de le lire afin de clarifier au maximum les choses avant de demander au juge la détention du jeune Herjólfur.

C'était un vieux calepin aux pages cornées. L'encre avait pâli mais l'écriture restait lisible. Ari Thór éprouvait une certaine gêne à feuilleter ce journal, même si son auteur était mort. Mais il devait aller au bout et il était curieux de découvrir son contenu.

Il s'assit et commença.

Juillet 1982

Enfin, un crayon et un carnet.

C'est un vieux crayon jaune mal taillé et un carnet qui a déjà servi : quelqu'un en a maladroitement arraché les premières pages. Est-ce qu'il a lui aussi essayé de poser des mots sur ses tourments et son désespoir, comme je m'apprête à le faire ? À moins qu'il n'ait simplement griffonné, essayé de reproduire le plus artistiquement possible – si c'est possible – la vue unique qui donne sur le jardin de derrière... Certaines choses sont tellement grises et froides qu'aucune couleur sur aucune page ne pourrait leur donner vie.

Maintenant que je peux écrire un peu, je me sens mieux. Je ne saurais expliquer pourquoi, au juste : l'écriture ne m'a jamais apporté de satisfaction particulière. C'est à présent seulement que j'ai le sentiment qu'elle peut me sauver la vie...

Les choses que je consigne dans ce carnet n'ont sans doute même pas d'intérêt. Les raisons de ma présence ici, mes sentiments, la vie monotone que je mène dans ces lieux... Peu importe, du moment que cela préserve ma santé mentale.

Épilogue

Printemps

Parfois, Ari Thór laissait son cœur et son orgueil prendre le pas sur le reste. Il était cruellement conscient de cette faille en lui. Il laissait trop souvent ses émotions le submerger.

Le soleil était de retour et irradiait la petite ville, même si, le plus souvent, le vent froid venu de la mer tempérait l'effet de ses rayons.

Les journées n'étaient pas les seules à s'être éclaircies : Ari Thór avait enfin été nommé inspecteur, une promotion longtemps attendue. Si tout était calme pour le moment – peut-être un peu trop –, il était fier de ce statut qui lui conférait une influence et une autorité nouvelles sur ses deux subordonnés. L'hôtel de ville aussi avait connu son lot de changements : Elín avait été accusée du meurtre de Valberg et Gunnar avait rapidement démissionné, « d'un commun accord ». On disait qu'il avait rejoint sa famille en Norvège. Ottó l'avait remplacé au poste de maire.

Mais le vent avait surtout définitivement emporté Kristín et Stefnir.

Ari Thór était en partie responsable. Pris dans les filets de sa jalousie, il n'avait pas trouvé la force de pardonner à Kristín. Le temps que sa colère s'apaise, elle avait déjà fait ses valises.

Le week-end prochain, il aurait la garde de son fils.

Mais il n'avait pas perdu espoir. Loin de là.

Leur relation avait toujours connu des éclipses.

Il avait besoin de lui parler calmement, de trouver le bon moment. Il se sentait l'obligation de sauver son foyer. Il le devait au moins à Stefnir. Avant la disparition de ses parents, Ari Thór avait vécu heureux en famille, il voulait que Stefnir connaisse le même bonheur. Et qu'il garde ses deux parents tout au long de sa vie.

L'histoire maudite d'Herjólfur, hantée par la violence domestique de génération en génération, avait rappelé à Ari Thór combien ils avaient de la chance, lui, Kristín et Stefnir. Ce serait de la folie d'y renoncer.

Peut-être devrait-il un jour raconter à Kristín la vérité sur son père et le mystère de sa disparition. Elle n'avait entendu dire qu'une chose : qu'il s'était évanoui dans la nature sans laisser de traces. Mais c'était bien plus que cela, comme Ari Thór avait fini par le découvrir. Il ne lui en avait jamais parlé, mais il fallait que le temps des secrets prenne fin.

Il l'avait séduite une première fois, puis une deuxième. Il l'aimait plus que tout au monde. Alors, jamais deux sans trois ?

Note de l'auteur

Comme toujours, ma gratitude va à toutes celles et tous ceux qui ont, d'une façon ou d'une autre, permis à *Mörk* de voir le jour. Mon épouse María Margrét Jóhannsdóttir et mes filles Kira et Natalía (à qui ce roman est dédié) m'inspirent et me soutiennent, tout comme mes parents, Jónas Ragnarsson et Katrín Guðjónsdóttir, ainsi que mon frère Tómas Jónasson. Les charmants habitants de Siglufjördur m'ont toujours encouragé, bien que je sois responsable de l'augmentation alarmante du taux de criminalité – fictive – dans cette ville merveilleuse.

J'adresse des remerciements chaleureux à mes éditeurs islandais Pétur Már Ólafsson et Bjarni Þorsteinsson, aux éditions de La Martinière, qui ont permis de faire connaître mes romans aux lecteurs français. Merci aussi à mes agents, Monica Gram, de la Copenhagen Literary Agency, et David Headley, de la DHH Literary Agency.

Pour finir, j'aimerais rendre un hommage tout particulier à mon grand-père disparu – et homonyme –, Þ. Ragnar Jónasson. Je parle dans ce roman de cette période allant de mi-novembre à fin janvier durant laquelle le soleil disparaît derrière les montagnes de Siglufjördur. Les plus belles pages consacrées à ce phénomène ont été écrites en 1980 par mon grand-père dans un chapitre de son livre *Siglfirskir söguþættir (Récits de Siglufjördur)*, paru en 1997. Je saisis cette occasion pour en reproduire un passage.

Quand le printemps revient dans la vallée…

Þ. Ragnar Jónasson (1913-2003)

Le solstice d'hiver approche. L'obscurité de la mi-saison engloutit la ville. Au fil des jours, elle se prolonge, mais on y voit encore assez clair pour travailler. Quand le soleil apparaît, on le sent à peine, ses rayons presque horizontaux ne luisent que brièvement.

L'auteur de ces lignes, assis à sa fenêtre, observe la pénombre de l'après-midi. Dehors, la neige tombe, froide et âpre, s'empile en congères où la poudre claire, douce et luisante scintille.

À l'intérieur, il fait chaud. On est bien. Ce ne sont plus le feu dans l'âtre ni la lampe à huile qui nous apportent lumière et confort mais les sources chaudes de la vallée de Skútudalur et les turbines électriques des chutes de Skeidsfoss. La technologie nous rend la vie plus agréable.

Aucun éclat solaire ne vient illuminer les versants du haut cirque montagneux où Siglufjördur est enclose. Le 15 novembre, comme de coutume, le soleil d'hiver a disparu derrière Blekkilsfjall. Par la suite, lorsque le temps est assez dégagé, on aperçoit juste, certains après-midi, un faible halo nimbant les cimes d'Hafnarhyrna et d'Hestsskardshnjúkur. Et le reflet du soleil s'insinue parfois entre les pics, en un éclair fugace, avant que la nuit s'affale sur l'extrême nord du monde…

Alors, la lune brille haut dans le ciel, épandant sa clarté enchanteresse sur les terres immaculées de l'hiver où nul accroc ne se devine. À minuit, les fissures et les crevasses s'emplissent d'ombres bleues. Une infinie variété de gris et d'argent scintillants métamorphose le paysage en une énigme aux contours indistincts. Les eaux du fjord jaillissent sous la lune et les diaprures des aurores boréales parent de leur féerie la coupe bleutée du firmament.

Avec le passage du solstice, du 21 au 22 décembre, la lumière reprend lentement, mais sûrement, ses droits. Les jours s'allongent, à petits pas d'oiseaux, jusqu'à ce que le soleil réapparaisse le 28 janvier. Jour du soleil ! Beauté aveuglante qui point au-dessus d'Hólshyrna après soixante-douze jours d'absence ! Alors, la ville peut laisser éclater sa joie.

À l'ouest, les cimes d'Úlfsdalafjöll, à l'est, le promontoire de Siglunesmúli et les monts Stadarhóls ont longtemps protégé les gens de Siglufjördur quand les éléments se déchaînent dans l'île et les mers du nord. Mais, dans l'obscurité des journées les plus courtes de l'année, quand les tempêtes glaciales soufflent leur neige sur Nesnúpur, Siglufjördur et tout le cirque montagneux, certains ont l'impression que le monde se referme autour d'eux. Le temps impitoyable et la nuit arctique sont des épreuves pour la force morale de l'homme. D'autres attendent avec impatience cette période de l'année favorable au repos, à la sérénité et à la méditation.

Il y a bien des années, après le Déluge, Dieu passa un marché avec le vieux Noé. « Tant que la Terre existera subsisteront aussi le temps des plantations et le temps des récoltes, le froid et la chaleur, l'été et l'hiver, le jour et la nuit. » Alors, pour signifier leur accord, Dieu traça un arc-en-ciel dans les cieux.

Les saisons suivent leur cycle immuable, le soleil et les averses se succèdent. Comme toujours, le doux se mêle à l'amer. Tout se suit et s'enchaîne, le bon et le mauvais, l'optimisme du printemps et l'anxiété qui précède l'hiver, la clarté du jour neuf après l'obscurité de la nuit. Comme l'écrit le poète Freysteinn Gunnarsson :

Si la tempête et l'effroi font rage,
Nul ne doit s'en effrayer.
Toujours
Revient la lumière,
Comme le printemps revient dans la vallée.

Les joies de l'été et les délices de la nature seront de nouveau parmi nous dans cette ville septentrionale. Les rayons dorent les versants des montagnes à la douce saison, et le fjord semble renfermer toute la clarté du soleil.

Dépourvus de nuit, les mois d'été nappent montagnes et vallées d'une myriade de couleurs. Matin et soir, la mer est semblable à une mare d'or huileux. Rien ne peut égaler le calme placide et charmant d'un premier matin d'été, quand les montagnes majestueuses et verdoyantes se reflètent dans le fjord si sensible à la beauté.

Alors, tous les maux de l'hiver sont oubliés.

RÉALISATION : NORD COMPO À VILLENEUVE-D'ASCQ
IMPRESSION : CPI FRANCE
DÉPÔT LÉGAL : JUIN 2020. N° 144265-4 (3044151)
IMPRIMÉ EN FRANCE

Éditions Points

Collection Points Policier

DERNIERS TITRES PARUS

P4757. Mörk, *Ragnar Jónasson*
P4758. Kabukicho, *Dominique Sylvain*
P4759. L'Affaire Isobel Vine, *Tony Cavanaugh*
P4760. La Daronne, *Hannelore Cayre*
P4761. À vol d'oiseau, *Craig Johnson*
P4762. Abattez les grands arbres, *Christophe Guillaumot*
P4763. Kaboul Express, *Cédric Bannel*
P4771. La Maison des brouillards, *Eric Berg*
P4772. La Pension de la via Saffi, *Valerio Varesi*
P4781. Les Sœurs ennemies, *Jonathan Kellerman*
P4782. Des enfants tuent un enfant. L'affaire James Bulger *Gitta Sereny*
P4783. La Fin de l'histoire, *Luis Sepúlveda*
P4801. Les Pièges de l'exil, *Philip Kerr*
P4807. Karst, *David Humbert*
P4808. Mise à jour, *Julien Capron*
P4817. La Femme à droite sur la photo, *Valentin Musso*
P4827. Le Polar de l'été, *Luc Chomarat*
P4830. Banditsky ! Chroniques du crime organisé à Saint-Pétersbourg, *Andreï Constantinov*
P4848. L'Étoile jaune de l'inspecteur Sadorski *Romain Slocombe*
P4851. Si belle, mais si morte, *Rosa Mogliasso*
P4853. Danser dans la poussière, *Thomas H. Cook*
P4859. Missing : New York, *Don Winslow*
P4861. Minuit sur le canal San Boldo, *Donna Leon*
P4868. Justice soit-elle, *Marie Vindy*
P4881. Vulnérables, *Richard Krawiec*
P4882. La Femme de l'ombre, *Arnaldur Indridason*
P4883. L'Année du lion, *Deon Meyer*
P4884. La Chance du perdant, *Christophe Guillaumot*
P4885. Demain c'est loin, *Jacky Schwartzmann*
P4886. Les Géants, *Benoît Minville*
P4887. L'Homme de Kaboul, *Cédric Bannel*
P4907. Le Dernier des yakuzas, *Jake Adelstein*
P4918. Les Chemins de la haine, *Eva Dolan*
P4924. La Dent du serpent, *Craig Johnson*
P4925. Quelque part entre le bien et le mal, *Christophe Molmy*
P4937. Nátt, *Ragnar Jónasson*

P4942. Offshore, *Petros Markaris*
P4958. La Griffe du chat, *Sophie Chabanel*
P4959. Les Ombres de Montelupo, *Valerio Varesi*
P4960. Le Collectionneur d'herbe, *Francisco José Viegas*
P4961. La Sirène qui fume, *Benjamin Dierstein*
P4962. La Promesse, *Tony Cavanaugh*
P4963. Tuez-les tous... mais pas ici, *Pierre Pouchairet*
P4964. Judas, *Astrid Holleeder*
P4965. Bleu de Prusse, *Philip Kerr*
P4966. Les Planificateurs, *Kim Un-Su*
P4978. Qaanaaq, *Mo Malø*
P4982. Meurtres à Pooklyn, *Mod Dunn*
P4983. Iboga, *Christian Blanchard*
P4995. Moi, serial killer. Les terrifiantes confessions de 12 tueurs en série, *Stéphane Bourgoin*
P5023. Passage des ombres, *Arnaldur Indridason*
P5024. Les Saisons inversées, *Renaud S. Lyautey*
P5025. Dernier Été pour Lisa, *Valentin Musso*
P5026. Le Jeu de la défense, *André Buffard*
P5027. Esclaves de la haute couture, *Thomas H. Cook*
P5028. Crimes de sang-froid, *Collectif*
P5029. Missing : Germany, *Don Winslow*
P5030. Killeuse, *Jonathan Kellerman*
P5031. #HELP, *Sinéad Crowley*
P5054. Sótt, *Ragnar Jónasson*
P5055. Sadorski et l'ange du péché, *Romain Slocombe*
P5067. Dégradation, *Benjamin Myers*
P5068. Les Disparus de la lagune, *Donna Leon*
P5093. Les Fils de la poussière, *Arnaldur Indridason*
P5094. Treize Jours, *Arni Thorarinsson*
P5095. Tuer Jupiter, *François Médéline*
P5096. Pension complète, *Jacky Schwartzmann*
P5097. Jacqui, *Peter Loughran*
P5098. Jours de crimes, *Stéphane Durand-Souffland et Pascale Robert-Diard*
P5099. Esclaves de la haute couture, *Thomas H. Cook*
P5100. Chine, retiens ton souffle, *Qiu Xiaolong*
P5101. Exhumation, *Jesse et Jonathan Kellerman*
P5102. Lola, *Melissa Scrivner Love*
P5123. Tout autre nom, *Craig Johnson*
P5124. Requiem, *Tony Cavanaugh*
P5125. Ce que savait la nuit, *Arnaldur Indridason*
P5126. Scalp, *Cyril Herry*
P5127. Haine pour haine, *Eva Dolan*
P5128. Trois Jours, *Petros Markaris*